新潮文庫

本当はエロかった昔の日本

大塚ひかり著

新潮社版

10934

はじめに

エロ大国ニッポン——エロに支えられた国

経済大国、漫画大国……これまで日本はさまざまな冠をつけて、大国と呼ばれてきました。

しかし私に言わせれば日本は「エロ大国」です。

ラブホテルという性行為専門のホテルがあって、しかもそれを娼婦《しょうふ》でもない一般女性が恋人や夫と一緒に利用したり、その善し悪《あ》しはともかく、ポルノ規制にしてもアメリカやヨーロッパなどと比較するとゆるいとされます。

追々紹介していくように、日本の古典文学は児童ポルノを含めたあらゆるポルノ規制にひっかかりそうな記述であふれていますし、そもそも日本神話によれば、この国は兄妹神のセックスにより生まれました。

神々のセックスで世界が生まれたというのはエジプト神話やギリシア神話にも共通するところですが、日本の特徴は、それが、天皇の勅によって書かれた『日本書紀』のような「正史」に堂々と書かれている点です。

それだけ日本は性を重要視している。

いや、「していた」と言ったほうがいいでしょうか。

本書では、昔の日本人がいかにエロかったか、その「エロ大国ぶり」を、古典文学を通じて紹介し、エロを大事にする日本のお国柄こそが、日本の伝統文芸を支え、平和を支えてきたことを明らかにしたいと思います。

大塚ひかり

本当はエロかった昔の日本　目次

＊本書では、古典文学から引用した原文は〃　〃で囲んであります。

＊〃　〃内のルビは旧仮名遣いで表記してあります。

＊引用した原文は本によって読み下し文や振り仮名の異なる場合がありますが、巻末にあげた参考文献にもとづいています。ただし読みやすさを優先して句読点や「　」を補ったり、片仮名を平仮名に、平仮名を漢字に、旧字体を新字体に、変えたものもあります。

＊日本神話の神名は原文では漢字ですが、登場箇所や本によって表記がまちまちなため、旧仮名遣いの片仮名表記が中心です。

＊引用文献の趣意を生かすため、やむを得ず差別的な表現を一部そのまま使用していることをお断りします。

＊引用文献等の著者の敬称は略しましたが、名字のみ引用の場合は「氏」付け、対談等で面識のある方や友人の場合は「さん」付けしました。

＊倫子、彰子など、正確な読み方の不明な名前は「りんし」「しょうし」と音読みにしてあります。

系図作成　アトリエ・プラン

本当はエロかった昔の日本

第一章　日本の古典文学はエロいという常識

——権力のエロ肯定から生まれた文化

エロの危機

日本は性を重要視してきた、欧米に比べるとポルノ規制がゆるいと「はじめに」で述べました。

イギリスの「ガーディアン」紙は、二〇一四年六月五日付の電子版で、「日本の衆議院で児童ポルノ禁止法改正案が可決されたことを受けて、日本における児童ポルノ規制の後進ぶりを伝える記事を掲載し」、「現時点における日本は、児童に対する性犯罪を描いた動画や写真を所持することが法的に許される『先進7カ国の中で唯一《ゆいいつ》の国』であると説明」したといいます（「英国ニュースダイジェスト」サイト)。

が、実はそんな傾向に、最近、変化が生じています。

そもそもこの児童ポルノ禁止法の改正(二〇一四年六月二十五日)によって、画像などをただ「持っているだけ」でも罰せられる可能性も出てきましたし、それ以前に、二〇一〇年の「東京都青少年の健全な育成に関する条例」(「都条例」)の改正案では、漫画やアニメに描かれる十八歳未満と推定される、いわゆる「非実在青少年」の過激な性行為に規制をかけようとして、この奇妙なことばが話題になったものです(修正案で「非実在青少年」ということばは削除されました)。

二〇一四年の七月には、漫画家のろくでなし子が、「自分の女性器を3Dプリンタ用データにしてダウンロードさせた」として「わいせつ物頒布《はんぷ》等の疑い」で逮捕され、さらに十二月には「自身の女性器の3Dデータを配布したり、女性器をかたどった『作品』を陳列した」として「わいせつ物陳列やわいせつ物頒布の罪」で再逮捕されるという事件がありました(『朝日新聞』二〇一四年七月十五日付朝刊、十二月二十四日付夕刊)。

日本の古典文学に親しむ者としては、こうしたことが問題なら、日本の古典文学はほとんど発禁処分になってしまうという危惧《きぐ》を抱きました。

などと言うと、「そんなのは古典文学の一部だろう、児童ポルノみたいのは普通の古典文学にはないんじゃないか?」と思われるかもしれませんが、違います。

平安時代の『源氏物語』(一〇〇八ころ)には、十八歳(数え年。以下同様)の源氏が地位と身分に物言わせ、十歳の紫の上を下着一枚だけの姿にして共に寝たというくだりがありますし、現実の話としても、藤原道長の玄孫《やしゃご》に当たる宗輔太政大臣《むねすけだいじょう》が特定の妻を定めず、〃幼きめのわらはべ〃(幼い童女)を〃あまた〃ふところに抱いて寝ていた、つまり政界のトップが堂々とロリコン趣味を満たしていたことを歴史物語の『今鏡』(一一七四以後)は伝えています。『源氏物語』の記述からすると、当時も生理のこない童女を犯すことは〃ゆゆし〃(不吉)とされ、否定的に見られていたのですが、権力や身分がそこに絡《から》むと、一転、容認されてしまう。性の世界に働くそうした「力」が古典文学には描かれているのです。

古典文学だけではありません。

猿楽(能)を大成した世阿弥《ぜあみ》が将軍足利義満に見出《みいだ》されたのは十二歳の時ですし(→コラム6)、歌舞伎《かぶき》の創始者として知られる出雲の阿国《いずものおくに》は、最初、「やや子踊り」と呼ばれる、十歳前後の少女がエロい歌をうたいながら舞う芸能で人気を博していました。その歌舞伎役者が売春を事としていたのは広く知られています(→コラム7)。

もちろん、当時は今とは結婚制度も違えば、政治の仕組みも違う。時代背景が異なりますから、こうした古典文学や古典芸能に現代のポルノ規制を当てはめることなどできません。

今の日本の性表現の規制を強めようとする人たちも、

「古典文学に当てはめるバカはいない」

と言うでしょう。

しかし、それもまた違うのです。

近代化が推進された明治時代には、キリスト教的な道徳観にもとづいて日本の性が弾圧され、男女の性愛を描いた春画は焼き捨てられたり、二束三文で売り払われました。歌舞伎の性的要素が排除されたり、井原西鶴の全集が発禁処分にされるということもあったのです（佐伯順子『「愛」と「性」の文化史』）。

しかもこうした古典文学バッシングは大昔のことではなく、昭和の戦時下でも、『源氏物語』が「万世一系」思想に逆らう「大不敬の書」とされ、『源氏物語』の上演劇が警視庁の命令で中止されたり、谷崎潤一郎訳の『源氏物語』（旧訳）で源氏と父帝の后藤壺《きさきふじつぼ》との密通シーンが削除されたりしたのは記憶に新しいところです（小林正明「昭和戦時下の『源氏物語』」)。

この手の「エロの危機」については第十二章で詳しく触れますが、要するに古典文学だからといって、性表現の規制は免れないわけです。

これは、日本の伝統文化の継承という点でも、日本文化の世界への発信という点でも、残念としか言いようがありません。

なぜなら、先進国で例外とされる日本のエロへの姿勢こそ、日本の古典文学を貫く大動脈であり、漫画やアニメを含めた日本文化に脈々と受け継がれてきた伝統であって、規制を強めることとは、世界で賞賛される日本の漫画やアニメの良さを損ねることになりかねない。そればかりか、日本文化の水脈をそこで断ち切ることになるからです。

不倫文学の『源氏物語』、男色カップルの『東海道中膝栗毛《ひざくりげ》』

日本の古典文学はエロい。

これは古典好きや古典文学の研究者にとっては常識です。

ところがこの常識は、古典文学に親しみのない人に対しては通用しません。

『源氏物語』が不倫文学と言ってもピンとこなかったり、前近代を通じて最大のベストセラーだった『東海道中膝栗毛』(一八〇二〜一八二二)の弥次さん喜多さんが男色カップルであることすら知らない人もいます。

「昔」に対するイメージがテレビの時代劇そのままだったり、古典文学の知識といっても教科書に載っている『枕草子』(一〇〇〇ころ)や『徒然草』(一三三〇〜一三三一ころ)のさわり部分や、芭蕉の俳句が主体だったりするため、古典文学とエロが結びつかない。

結果、

「昔の人は奥ゆかしい」

「古典は高尚」

といった、かつての外国人が日本といえば芸者・忍者を連想したのと大差ないような、ステレオタイプな古典文学観・昔の日本人観が今なお幅をきかせているのです。

私たちのご先祖が、印刷技術もない昔から、手から手へと書き写し、せっかく残してくれた古典文学なのにこれでは非常にもったいないし、誤った知識や認識のままでは、日本の良さや伝統を継承しようとしても、そもそもが見当違いなのですから、間違った方向へ行ってしまうでしょう。

漫画やアニメとのつき合い方に限らず、宗教観など、世界から見ると「変わっている」とか「特殊である」と言われがちな日本人ですが、その見方が妥当か否《いな》かはともかくとして、いつから日本はそうなったのか、そのルーツはどこにあるのか……。日本の古典文学に一貫しているエロに焦点を当てることが、その答に迫る近道になると思うのです。

『古事記』『日本書紀』に書かれた近親姦《きんしんかん》

そもそも日本の国土も神々も『古事記』(七一二)や『日本書紀』(七二〇)によれば、イザナキ・イザナミ兄妹の婚姻で生まれたものですし……と言いたいところですが、姉弟や兄妹の婚姻によって原初の世界や神々が誕生するという話は、実は古代神話では珍しくありません。

エジプト神話では、太陽神ラーが自分の手とまじわって(要するに自慰で)生んだ兄妹神が大地の神と天空の女神を生み、さらにこの二神がまじわってばかりいたのを、父神に引き離されて世界ができたという設定ですし、ギリシア神話でも混沌《こんとん》の中から生まれた女神が自分の生んだ息子と子作りし、主要な神々が生まれています。

近親姦による世界や神々の誕生というのは原始社会にありがちな発想であることが分かりますが、日本ではそうした話が、『古事記』や『日本書紀』という国家事業による文書に残されていることがポイントなのです。

成立について諸説ある『古事記』はともかく、『日本書紀』は天皇の勅によって修史事業が進められたことが『続日本紀』などによって確かめられる、日本の歴史書の中でも最も権威ある「正史」です。

兄妹神の性愛で国土が生まれたというようなことが「お上公認」の文書に堂々と書かれている、しかも、こうした「性愛」重視の傾向がのちの平安時代や鎌倉時代の古典文学はもちろん、仏教界という性愛を罪悪視するはずの業界にも脈々と受け継がれている点に、日本の特徴があります。

主人公の源氏が父帝の正妃（中宮）を犯し、生まれた不義の子が帝位について、源氏自身も晩年の正妻の不義の子を自身の子として育てることになるという、いわば皇統乱脈の不倫文学である『源氏物語』にしても、のちに天皇の母方祖父という立場になる藤原道長がバックアップして書かれたことは、『紫式部日記』（一〇一〇以後）によって明らかです。

日本では、時の最高権力者たちが「性愛」の物語の作成と普及に積極的に関わってきました。

そして平安文学や室町時代の能狂言をはじめ、長いあいだ、日本の文芸は権力者の庇護《ひご》のもとにはぐくまれてきました。

武家政権に何度か弾圧された歌舞伎も、その財力によって江戸期の文芸を実質的に担《にな》っていた商人には、熱狂的な支持を得ていたのです。

日本ではどんな時代でも、「力のある層」はエロを肯定していました。

エロは日本文化の根幹であり屋台骨です。

エロを否定することは、日本文化を否定することにつながりかねないのです。

コラム1　『古事記』における性と愛――「マン損傷神話」はなぜ多い？

日本の古典文学のルーツである『古事記』では、国土も神々も生も死も、「性愛」の物語から生まれています。

〝天つ神 諸《もろもろ》〟（天の神一同）の仰《おお》せによって、国作りをはじめるイザナキ・イザナミ兄妹は、

「あなたの体はどんなふうにできているのかい？」

「私の体はどんどんできていって、閉じ合わない部分が一カ所あるの」

「私の体はどんどんできていって、余った部分が一カ所ある。この私の体の余った部分で、あなたの体の閉じ合わない部分を刺し塞《ふさ》いで〝国土《くに》〟を生み成そうと思う。生むのはどう？」

「それはいいわ」

という有名な会話のあと、

「それでは、天の御柱を巡って〝美斗能麻具波比《みとのまぐはひ》〟（寝所の交わり）をしよう」

と、イザナキが提案。柱を回ってから、まずイザナミが、

「なんて愛《いと》しい殿御なの」（〃阿那邇夜志《あなにやし》、愛袁登古袁《えをとこを》〃）

と言い、イザナキが、

「なんて愛しい乙女だろう」（〃阿那邇夜志《あなにやし》、愛袁登売袁《えをとめを》〃）

と言って次々と日本の国土や神々を生んでいく。

イザナキ・イザナミ夫婦はいついかなる時も、いちいち「愛しいあなた」と相手を呼び、愛を確認しあいます。

火の神を生んで〃美蕃登《みほと》〃（御女性器）が焼けたのが原因でイザナミは黄泉《よみ》の国へ行くのですが、その時もイザナキは、

「愛しい私の妻を、たかだか子の一つと取りかえることになるとは」

と泣いて、我が子である火の神の頸《くび》を斬《き》ってしまいます。

このあたりも凄《すご》い話ですが、当時、子は母方で育つのが普通です。よそで育てば他人同然ですし、数も多い子供より、妻のほうが大事だったのでしょう。

また、なにも性器が焼けて死ななくても……というのは現代人の発想で、エジプト神話でも、弟に殺されてバラバラにされたオシリスの死体のうち、男根だけが見つからなかったという設定ですし、ギリシア神話でも美の女神アフロディテは、切

り取られ海に捨てられた天空神ウラノスの男根から湧《わ》いた白い泡（精液）から誕生しているように、性器の損傷は古代人にとって重要なテーマです。

もっとも日本神話には男根の損傷話（これを私は「チン切り神話」と呼んでいます）はないので、ここに彼我の文化の違いが潜んでいるかもしれません。古代の日本が中国のいろんな事物や習慣を取り入れながら、ついに「宦官《かんがん》」と「纏足《てんそく》」は取り入れなかったのも、このことと関係しているでしょう。どちらも、女の性を囲い込んで、一人の男の性を楽しませ、その正統な胤《たね》を継がせるための制度であることを思うと、「女の性」に対して基本的にゆるいというか、自由にさせていた古代日本人の姿が浮かび上がってきます（このあたりについては第二章で詳しく触れます）。

しかしそれにしては、女陰の損傷話（これを私は「マン損傷神話」と呼んでいます）が多いのが気になりますが、それだけ、女性器の働きが日本では大きかった証《あか》しなのではないか。このあたりについては拙著『古事記　いのちと勇気の湧く神話』のコラム1で触れましたのでご参照下さい。

さて断末魔のイザナミは嘔吐物《おうとぶつ》や〝屎《くそ》〟や〝尿《ゆまり》〟からも神々を生みつつ黄泉の国

に赴き、そんなイザナミを追いかけたイザナキはそこでもまた、

「愛しい我が妻よ」(〝愛《うつく》しき我《あ》が那邇妹《なにも》の命《みこと》〟)

「愛しい我が夫」(〝愛しき我が那勢《なせ》の命〟)

と呼び合うものの、うじがたかって音を立てている醜悪な妻の腐乱死体を見てしまうことで、二人に別れが訪れます。

けれど二人は、〝事戸《ことど》〟(離別のことば)を言い渡す段になってもなお、

「愛しい我が夫よ、あなたがそんなことをするなら、あなたの国の人草《ひとくさ》を一日に千《ち》頭《かしら》くびり殺します」

「愛しい我が妻よ、あなたがそんなことをするなら、私は一日に千五百の産屋《うぶや》を立てよう」

と、「愛しいあなた」と言い続けるのです。

「愛しいあなた」ということばは「語りの形式」とも言えるわけですが、なぜそんな形式ができたのかと考えるに、たとえ憎悪《ぞうお》に満ちた別れの時であっても、意識的に相手を尊重することばを発することによって、破滅的な修羅場を避けることができると、昔の人は信じていたからではないか。

それ以上に、私はそこに、古代人の深い人間理解を見る思いがします。

憎しみ合って別れてもそこには愛の名残があり、一つの死を肥やしにしていくつもの命が芽生える。

神話では、死と生も、愛と憎しみも、一《ひと》つながりです。

神々の性愛で国土が生まれ、神々の憎しみで死が生まれる。けれどその憎しみや死には、愛の名残と生の芽生えをはらんでいる。

そうした神話を、お上が積極的に公認するような日本に生まれて良かった。

こういう時代がいつまでも続きますように……と願わずにいられません。

コラム2　英雄には必ず嫉妬《しっと》深い妻がいる――オホクニヌシと仁徳天皇

国土と神々を生むために必要だった「性愛の物語」は、英雄と聖帝に不可欠なものでもありました。

複数の妻をもつことは一夫多妻の昔は珍しくありませんが、『古事記』の中でもとくに正妻の嫉妬を含む「性愛の物語」が詳しく描かれるのが、オホクニヌシノ神と仁徳天皇です。

オホクニヌシノ神は、日本の国土を形づくり、降臨した天孫に国譲りした、『古事記』で最も筆が割かれる英雄です。

五つの名をもつ偉大な彼には、正妻のスセリビメノ命《みこと》のほか、因幡《いなば》のヤカミヒメ（彼女に求婚に行く途中、有名な因幡の白ウサギの話が展開します）、越《こし》のヌナカハヒメ、宗像《むなかた》のタキリビメノ命、カムヤタテヒメノ命、トトリノ神といった妻たちがいます。

はじめオホナムヂノ神（オホアナムヂノ神）と呼ばれていた彼は、兄弟たちの荷物持ちとして因幡のヤカミヒメに求婚しに行きますが、ヒメが彼を選んだため、恨んだ兄弟たちに二度も殺されて、スサノヲノ命のいる〝根堅州国《ねのかたすくに》〟へ赴き、スサノヲの与えた試練に打ちかちます。こうして強く生まれ変わった彼はオホクニヌシノ神（大国主神）となって、スサノヲの娘のスセリビメを〝適妻《むかひめ》〟（正妻）とします。

このスセリビメが〝甚だ嫉妬《うはなりねたみ》〟をするという設定で、根堅州国から帰ったオホクニヌシは約束通りヤカミヒメと寝所を共にしたのですが、ヤカミヒメはスセリビメを恐れるあまり、生まれた子を〝木の俣《また》〟に刺し挟んで、因幡へ帰ってしまいます。

スセリビメの嫉妬の激しさに困ったオホクニヌシは、出雲から大和へ発《た》とうと旅支度して、妻に長歌を詠《よ》みかけます。これにスセリビメも長歌で応じると、二人はすぐさま盃《さかずき》を傾け合って、互いの首筋に手をまわし合い、今に至るまで鎮座なさった、要するに仲直りした、と話は結ばれます。

村はずれなどで見る、道祖神と呼ばれる男女の抱き合う像にも通じる、男女和合の姿として落ち着いたわけで、太古の日本では、ものを増やし、いかなる敵をもはね返す性愛のパワーが信仰されていたことがうかがえます。

一方の仁徳天皇は『古事記』で唯一〝聖帝《ひじりのみかど》〟と呼ばれる名君で、国にかまどの煙が立たないのを見て、人民の苦しみを察し課役を免除、宮殿で雨漏りがあっても修理させることもなく、やがて国に煙が立つのを確認すると課役を命じたというエピソードで有名です。

その大后《おおきさき》のイハノヒメノ命がこれまた〝嫉妬《うはなりねたみ》すること甚多《いとおほ》し〟という人でした。

彼女はほかの妃たちが宮殿に近づくことも許さず、何かあれば、

「足をばたばたさせて嫉妬した」（〝足《あし》母《も》阿《あ》賀《が》迦《か》邇《に》嫉妬しき〟）

それでも仁徳天皇は、吉備《きび》のクロヒメが〝容姿端正《かたちきらぎら》し〟という評判を聞けば彼女を寵愛《ちょうあい》し、また、大后が酒宴に使う葉を採りに紀伊国に出かけた留守にこっそり異母妹のヤタノワカイラツメと結婚したりします。

そのたびに大后が大激怒するさま、その対処に仁徳天皇が大わらわするさまや他の女たちへのフォローを怠らぬさまが、『古事記』には描かれています。

面白いのは、『古事記』の編者が仁徳天皇の御代を称《たた》えて、

〝聖帝の世と謂《い》ふぞ〟と記した直後に、

〝其《そ》の大后《おほきさき》石之《いはの》日《ひ》売命《めのみこと》は、嫉妬《うはなりねたみ》すること甚多《いとおほ》し〟と、続けていること。

嫉妬深い正妻の存在が聖帝の条件とも取れるような文脈で、これについて小学館の日本古典文学全集『古事記』の校注は、オホクニヌシとスセリビメの関係との類

似を指摘した上で、こうした女の嫉妬を、

「受け入れ和《なご》めて、すべて破綻《はたん》なく調和させることが、大王たるものの徳なのである」

と指摘しています。

同感です。

複数の女を愛し、その嫉妬も含めて収めてこそ、英雄であり〝聖帝〟であると、昔の日本人は考えていました。

性愛に対するこうした考え方は、『源氏物語』をはじめとするのちの古典にも受け継がれ、本来、性愛を罪悪視する仏教でさえ、性愛にまつわる欲望をも叶《かな》えると宣伝することで日本人の心に食い込んでいこうとするのです。

第二章　エロいほうがエラかった平安貴族
――日本に「チン切り神話」がない理由《わけ》

母が決める「就職」「結婚」

子供の就活や婚活にまで親が口を出し、顔を出す最近の風潮に、近ごろの親は甘いのでは？　子離れができていないのでは？　という声をよく聞きますが、平安文学を読んでいると、親が子供の就職はもちろん、婚活にも口を出しまくりで、その過干渉にも見える有様は、現代人以上です。

身分制のある前近代では、全時代を通じて、とくに上流階級になるほど家どうし、親どうしで子供の結婚を決めるものとはいえ、平安貴族の場合、それとは少しニュアンスが違います。

結婚は一応、自由恋愛の形を取って、歌が主体の恋文をかわしたり、男が女を垣間《かいま》見《み》たり……といった過程を経て、女側がオッケーを出せば、女のもとに男が三日通って結婚が成立する。この過程で親が男からの文をチェックするのはもちろんのこと、それに対する返事もしばしば子供の代わりに代作・代筆します。

たとえば藤原兼家の妻の一人である道綱母は、養女にきた求婚の文に返歌をしたり、息子道綱と女との文のやり取りを『蜻蛉《かげろう》日記』(九七四以後)に詳細に書き記しています(下巻)。道綱の歌は、小学館の新編日本古典文学全集の校注によれば「母の指導のもとに詠《よ》んだか、あるいはおそらく母が代作したのであろう」と言い、文脈からして同感です。

藤原道長の妻 源倫子《みなもとのりんし》に仕えていた赤染衛門《あかぞめえもん》も、娘にきた恋文に返歌したり、息子が和泉《いずみ》の国の守《かみ》(中央から地方へ派遣され政務を執る長官)になれるよう、主人筋の上東門院(道長と倫子の娘彰子《しょうし》。一条天皇皇后)に歌で訴えてもいます(十一世紀『赤染衛門集』)。

母親が子供に代わって「婚活」や「就活」をしているのです。

平安時代、子供の恋愛や結婚、就職もしばしば母親に管理されていました。

藤原道長も、妻源倫子の母藤原穆子《ぼくし》に気に入られて結婚しています。倫子の父源雅信《まさのぶ》は、二十二歳のまだ位も浅かった道長が、二十四歳の娘に求婚していると知って、

「狂気の沙汰《さた》だ。とんでもない。誰が、今現在そんなくちばしの黄色いような青二才をこの家に出入りさせて世話をしようというのだ」

と、大反対でした。それを倫子の〝母上〟の穆子が、

「なんでこの君を〝婿《むこ》〟に取らぬ法があるの。時々、物見などに出かけて様子を見ると、この君はただ者には見えないわ。私にお任せくださいな」

と主張して、娘の婿に道長を迎えたのでした（十一世紀『栄花物語』巻第三）。

道長の舅姑《しゅうとしゅうとめ》に当たる源雅信・藤原穆子夫妻の会話には、当時の社会を知る情報が詰まっています。

「結婚相手は親が選ぶのではなく、婿本人のアプローチによるところが大きい」

「娘の結婚を決める主導権は母親にある」

「夫が妻方の実家に入る婿入り婚（婿取り婚）で、妻方が婿の世話をする」

などなどで、一言でいうとそれは「母系的な社会である」ということ。

そしてこれこそが、「日本の古典文学はなぜエロいのか」という謎《なぞ》を解く一つの鍵《かぎ》

であり、エジプト神話やギリシア神話にはある「チン切り神話」が日本になかった理由だと思うのです。

命名権も母にあり

そもそも母系社会とは、「祖母、母、娘というように、代々女性の血縁関係（出自）をたどって、社会集団をつくりあげ、相続・継承の方法を決定する」（須藤健一『母系社会の構造』）社会のことで、日本では厳密な意味での母系社会はなかったという説もありますが、貴族社会は長い時代を通じて「母系的」であったことが結婚形態などからうかがえます。

母系社会の主な結婚形態は、夫が生家から妻方へ通う「妻問い婚」と、夫が妻の実家に入る「婿入り婚」（婿取り婚）。日本では、武士が台頭する鎌倉時代までは、この二つのミックス形態が主流で、新婚時は、夫が妻方に通ったり、妻方の実家に住み込んでいたものが、夫婦に子供が生まれるなどすると独立するのが常です。

その家も、妻が親から受け継いだ場合が多く、藤原道長の住んでいた「土御門《つちみかど》」と呼ばれる屋敷も、もとは妻である源倫子が親から相続したものでした。

それを、倫子が道長との子を生んだのを機に、それまで生家から土御門邸に通っていた道長がそこへ移り住むことになったのです（屋敷を娘夫婦に譲った倫子の親は一条邸という屋敷に移り、倫子の母は一条尼と呼ばれるようになります）。

例外が天皇家で、妃《きさき》たちは「入内《じゅだい》」といって、天皇のいる内裏に入ります。けれどその実態は妻問い婚と似たり寄ったりで、妃たちはその身分に応じて、内裏内に弘徽殿《こきでん》、飛香舎《ひぎょうしゃ》（通称は藤壺《ふじつぼ》）などと呼ばれる住まいを確保し、そこに天皇が清《せい》涼殿《りょうでん》から「通う」という形を取ります。

入内してからも、妃と実家の結びつきは強く、とりわけ出産は「穢《けが》れ」の問題もあって、必ず実家で行います。

妃は妊娠すると里に下がり、生まれた皇子が父天皇に会うのは基本的に誕生五十日の祝いを済ませてから。

藤原道長の栄華を中心に綴《つづ》った歴史物語の『栄花物語』によると、

〝昔の宮たちは五つ七つにてこそ御対面はありけれ〟（巻第四）

〝内裏に児《ちご》など入ることなかりけり〟（巻第五）

といい、かつては五歳や七歳になるまで、皇子は母方の実家にいたことが分かります。

「嫁入り婚」（嫁取り婚）の形を先取りする天皇家でさえ「子供は母方のもの」とい

う感覚でした。

さかのぼって『古事記』（七一二）では、垂仁天皇が、

「すべて子供の名前は必ず母がつけるものだが、どのようにこの子の名をつければいいのか」（〝凡《およ》そ子の名は、必ず母の名《なづ》くるに、何《いか》にか是《こ》の子の御名《みな》を称《い》はむ〟）

と言っており、太古の昔は子の命名権も母にあったのです。

日本に「チン切り神話」がない理由

こうした母系的な社会では、娘が大事にされるのはもちろん、女の性に対する締め付けが非常にゆるくなります。

母から娘へ財産が継承される母系的な社会では、「どの母の子であるか」は疑う余地もないため、極端にいえば「父は誰でもいい」ということになるからです。

ここに、「チン切り神話」が日本にない理由が潜むのではないか。

「チン切り」つまり「男根を切る」というのは、基本的に、強い権力をもつ男が、妻《さい》妾《しょう》たちの「性」を独占し、自分の地位や財産を、自分の血を継ぐ者だけに伝えるために行われた行為です。そこでは、財産が父から息子へ継承される父系的な社会ならではの論理が働いている。

「俺の大事な地位や宝は、俺の血を引く息子にだけやるんだから、絶対、俺の女とはセックスするな。するなと言っても信用できないから、男根なり睾丸《こうがん》なりを取ってしまえ」というわけで、中国の後宮や、古代ギリシアやイスラム諸国で、去勢された「宦官《かんがん》」が置かれたのもそのためです。

一方、母系社会的な要素が強い古代の日本では、「子供は母方（女）の負担（財産と労力）で育つんだから、女（母）が夫（父）以外の男とセックスして、子供を生んでも、女の負担になるだけじゃん？　別にいいんじゃね？」ということになる（あくまで極端に言えば、ですよ）。

そういう社会では、「チン切り」の必要もなく、発想もない。

宦官には牧畜文化の影響があるという説もありますが、そうでない社会にも存在することを思うと、父系的な社会かそうでないかがカナメで、日本は母系的な要素が強いため、宦官もチン切り神話も発展しなかったと思うんです。

『播磨国風土記《はりまのくにふどき》』（七一三〜七一五）では、父のない子を生んだ女神が、誰の子か神意を問うため酒を作り、〝諸《もろもろ》の神たち〟を集めています。ということはその多くが父である可能性があったのでしょうが、一人の神のもとに子が酒を捧《ささ》げたので、その神が父だと分かったといいます。

そこまで遡《さかのぼ》らなくても、平安中期の和泉《いずみ》式部は、

「生まれた子の父親は誰？」

と聞かれ、

〝この世にはいかがさだめんおのづから昔を問はん人に問へかし〟（十一世紀『和泉式部集』）

という歌を詠んでいます。

「この世ではなんで決められましょう。あの世で生前の行いを裁く閻魔《えんま》様《さま》にでも聞いてくださいよ」といったような意味でしょうか。

和泉式部は、最初の夫の橘道貞《たちばなのみちさだ》のほか、為尊《ためたか》親王や、親王死後はその弟の敦道《あつみち》親王とも関係があり、藤原道長に〝浮かれ女《め》〟（同前）とあだ名されたほどの人ですから例外的とは言えますが。

そういう女がほかならぬ道長によって、その娘彰子を取り巻くサロンの華として雇われていた（和泉式部は敦道親王とも死別後は、道長の家司《けいし》である藤原保昌《やすまさ》と結婚しています）。

賢妻で知られる赤染衛門でさえ、夫大江匡衡《おおえのまさひら》と結婚後も、そのいとこの大江為基《ためもと》と交際していました。『赤染衛門集全釈』（関根慶子ほか）解説によれば、赤染衛門は夫

がいながら、為基と「深く関わり」、一方では、為基にも「新しく通う女があって」、匡衡は匡衡で元カノとよりを戻し……と、あちこちで三角関係ができていた。

赤染衛門は、和泉式部が夫の橘道貞に忘れられ、敦道親王を通わせていると聞くと、「ほかの人へ気を移したりせずに、しばらく和泉の信太《しのだ》の森（＝和泉守である夫）の様子を見ていなさい。白い葉裏をひるがえす葛《くず》の葉のように、帰ってくるかもしれないから」（〝うつろはでしばししのだの森をみよかへりもぞする葛のうら風〟）（『和泉式部集』）

つまり「もう少し夫を待ってみれば？」と諭した良識派。

その良識派にしてからがこの実態です。

平安後期の『今昔物語集』（一一三〇ころ）には、〝夫死ぬる女人後に他の夫に嫁がざる語《こと》〟と題する話もあって、夫を亡《な》くした娘が、再婚を拒んだために、母親が〝大きに驚《おどろき》て〟父親にも告げ、二人の男と契《ちぎ》らぬ女が物珍しげに語られています（巻第三十第十三）。

処女性を重視しない母系社会

母系社会が、女の性への縛りがゆるいことは、近年の母系社会を見ても分かります。

須藤健一の『母系社会の構造』は「ミクロネシアのトラックとサタワルの二つの母系社会」の生活を調査したものですが、一九八一年、須藤氏がトラックの島を訪れると、懇意にしていた家の十五歳の娘は二人の子を母親に預けて中学校に通っており、しかも子供の父親は分からないものの、親は娘を「気の早い子だ」というだけで「別段苦にしていなかった」。

「女性の処女性は何ら問題にされず、未婚の母やその子どもが社会的に差別されたり、偏見をもって扱われたりすることもない」

といい、これも古代の日本と似ています。

古代日本では、一夫多妻の妻問い婚や婿取り婚が基本ですから、父親のいる家庭自体が少ないわけで、正妻以外の妻の家は今でいう母子家庭。

『源氏物語』の源氏が、処女の朧月夜《おぼろづきよ》と契った時、

「これが親友の頭中将の妻だったりしたらもっと面白かったのに」(「花宴」巻)

と思ったり、父帝の后《きさき》の藤壺中宮を犯したり、前東宮の妃だった六条御息所《ろくじょうのみやすどころ》を口説き落として関係するといったストーリーが世に受け入れられること自体、処女性を重視していないからでしょう。

「世話女房」より「セックスアピール女」

こうした社会では、女による「セックスアピール」が大事になってきます。

父から息子へ財産が伝えられる父系社会では、女の貞節に厳しくならざるを得ないために、色気を強調するそぶりや服装は「みだら」「はすっぱ」として貶《おとし》められますが、母系的な社会では、父親が誰であろうと、女の血筋を伝えることが大切ですから、より他の女に勝てるよう、「女のセックスアピール」が大事になるのです。

代わりに軽視されるのが、母性や、家まわりのことができるといったいわゆる「家庭的であること」。

はじめて平安文学に触れた中学生のころ、私が驚いたのは、現代なら理想的とされるような「世話女房」の地位の低さです。

『大和物語』（十世紀半ば）にはこんな話がある。古妻が貧しくなったので、ほかに金持ちの新妻をもうけた男が、久しぶりに新妻を訪ねたところ、自分のいない所ではみすぼらしい服を着て、大櫛《おおぐし》を額髪に挿し、〝手づから〟飯を盛っている。それを見た男はすっかり幻滅し、二度と行かなくなったといいます（百四十九）。

大櫛を額髪に挿すというのは、髪が落ちてこないようにして労働しやすくするしぐさ。現代の男なら「金持ちなのに、俺のいない所では質素で家庭的なんだなぁ」と惚《ほ》れ直すところでしょうが、平安文学ではこういう女が男を萎《な》えさせる設定です。

平安貴族女性に求められるのは「母であること」や「世話女房であること」よりも「女であること」。

そのため平安文学では、生活感の漂う「世話女房」が「冷遇」されるのとは反対に、、現代人から見ると育児放棄をしているような母親が理想的な女として描かれている。

『うつほ物語』(十世紀後半)には、

「娘がたとえ火や水に入るというような危険にさらされても見向きもなさらない」

という高貴な妻のために、自分の継母を娘の世話役として雇う大貴族も出てきます(「国譲《くにゆずり》下」巻)。

この妻は、娘におしっこをかけられた夫に、

「この子を抱いてください」

と頼まれると、

「まぁ汚いこと」

と言って抱かずにそっぽを向いている(「蔵開《くらびらき》上」巻)。

それが非難がましくなく、「彼女は内親王で、究極のお嬢様だから」といった文脈

で、むしろ育ちのいい証拠のように肯定的に描かれています。

子供の世話は乳母に任せればよく、家事は召使に任せればいいというのは、のちの父系的な武家社会でも、上流階級では似たようなものですが、だからといって、この手の女性が素晴らしい貴婦人として描かれることはありません。

けれど平安時代は、母性は二の次です。

その名残は、母系的な社会も崩れつつあった平安末期の『とりかへばや物語』（十二世紀後半）にもあって、好きでもない男に犯されて子供を生んだヒロインは、「この子がいくら可愛《かわい》くても、こんなに人間らしくない状態で（〝人げなくて〟）男の通ってくるのをわずかに待ちながら暮らしてよいはずがない」（巻第三）と決意、子供を男のもとに置いて出奔し、天皇の正妃（中宮）におさまって皇子を生みます。そうした女性が理想のヒロインとして描かれるのが母系的な社会の特徴です。

結婚したら夫の家に入り、夫以外の男は引き寄せないよう、眉《まゆ》を剃《そ》ったり着物の袖《そで》を短くしたり、地味な見た目や言動を求められ、「女であること」より「父系の血をつなぐ母であること」を期待される父系的な社会の女と違って、母系的な社会では、結婚しても女は実家を離れぬことが多く、また結婚も流動的で、男が半年通ってこなければ事実離婚の形になりますから、常に男を引き寄せるべく、「見た目」を磨き、色っぽい歌を詠むということが大事な営みになる。

ずっと女で居続ける必要があるという意味では父系社会よりきついのですが、基本的に、家土地は娘に相続されるなど、女の財産権が強いため、本人に財産管理の能力があって、母方親族に頼みになるオジやオバ、兄弟などがいさえすれば、男が来なくてもオッケーという側面もあります（逆に言うと、それらがないと没落することもある）。何より、子育ては母方親族全体で負担するので、子を生んだ母親に「母性」が強く求められることがありません（逆に言うと、母方親族がいなかったり、協力がないと育児放棄や捨て子にもつながる）。

社会状況によって女に求められる資質がまるで違ってくるのが恐ろしくも面白いのですが、いずれにしても、こうした背景がある古代日本では、「社会全体の性愛への許容度は高くなる」仕組みです。

外戚《がいせき》政治はセックス政治

この傾向に拍車を掛けたのが平安中期にピークを迎える「外戚政治」。

娘を天皇家に入内させ、生まれた皇子の後見役として、母方の親族が政権を握る、いわば「女の性」を道具に一族繁栄する「セックス政治」です。

ここで勝利を収めるにはとにかく娘が、他の妃より少しでも早く、少しでも多く、東宮や天皇の子を生むこと。

つまり「セックスしてもらうこと」です。

だから平安貴族は総力を挙げて、娘を「男がセックスしたい女」に仕立てます。

妻が妊娠すれば「娘かもしれない」と期待して、「生まれる子が〝かたちよく、心よくなる〟と言われる食べ物ばかり差し上げて」(『うつほ物語』「蔵開上」巻)、望み通り娘が生まれれば、「女の子の美しさは産湯《うぶゆ》の使わせ方次第」(同前) と気をつかう。

こうして育った女は手入れの大変な長い黒髪を結わえもせずに伸ばせるだけ伸ばし、脱がせやすそうな着物に、官能的な香を焚《た》きしめて、「女であること」を前面に押し出しつつ、教養もにじませ、男を飽きさせない女であろうとします。

食事の気づかいや子供の世話といった雑事に気を回すのは召使か、むしろ男の仕事です。

『うつほ物語』の大貴族は、東宮の第三子を出産した娘のために〝御手づから〟食事の世話をする。そして、息子たちに「何か手伝いましょう」と声を掛けられると、

「お前たちはまだ不馴《ふな》れだろう。私はたくさんの子や孫の母（つまり妻）を世話し馴れているからね。こうした人をこの折によくいたわり、気を配ってやれば、容姿もとくに損なわれないものだよ」

と教えています（「国譲中」巻）。

東宮の愛が他の妃に行かぬよう、娘の容姿を美しく保とうと、父親が気づかいしている。さらにそうした気づかいを息子たちにも伝授しているのです。現実でも、鎌倉時代の『とはずがたり』（一三一三以前）の著者二条は、出産の折、恋人が付き添って、腰を抱えてお産を手伝っており（巻一）、『うつほ物語』に描かれたお産を手伝う男たちの姿は、貴族たちの実態を反映していることが分かります。

平安時代は「エロい女がエラい」。そういう意味での「女子力」（料理や子供の扱いがうまいという意味の女子力では決してありません）が求められるのが平安貴族なのです。

性愛サロンから生まれた日本文学

藤原道長のような大貴族は、そうした「女子力」のある女たちを集め、娘（妃）を飾る道具にし、若い公達《きんだち》好みの「サロン」を作ることで、東宮（や天皇）の足を運ばせ、娘の生んだ皇子の外戚として繁栄してきました。サロンでは、東宮（や天皇）と妃だけでなく、女房たちと公達との恋も花開き、夜になると、女房を訪れる公達の沓《くつ》音《おと》が一晩中絶えなかったことが『枕草子』や『紫式部日記』からうかがえます。「チン切り」された男しか入ることのできなかった中国皇帝の後宮とは正反対の、いわば「性愛サロン」なわけで、清少納言による日本初の随筆『枕草子』、紫式部の長編小説『源氏物語』、赤染衛門による日本初の歴史物語『栄花物語』、和泉式部の家集といった日本の文芸の礎《いしずえ》ともなる大古典はすべてそうした世界から生まれました。

ちなみに平安貴族社会は非常に狭い世界で、この章に登場した人物は次頁《ページ》に作った系図のように、何かしらつながりがあります。政治も文学も「性」で結ばれている。だからこそ濃い性愛の物語が生み出されたのです。

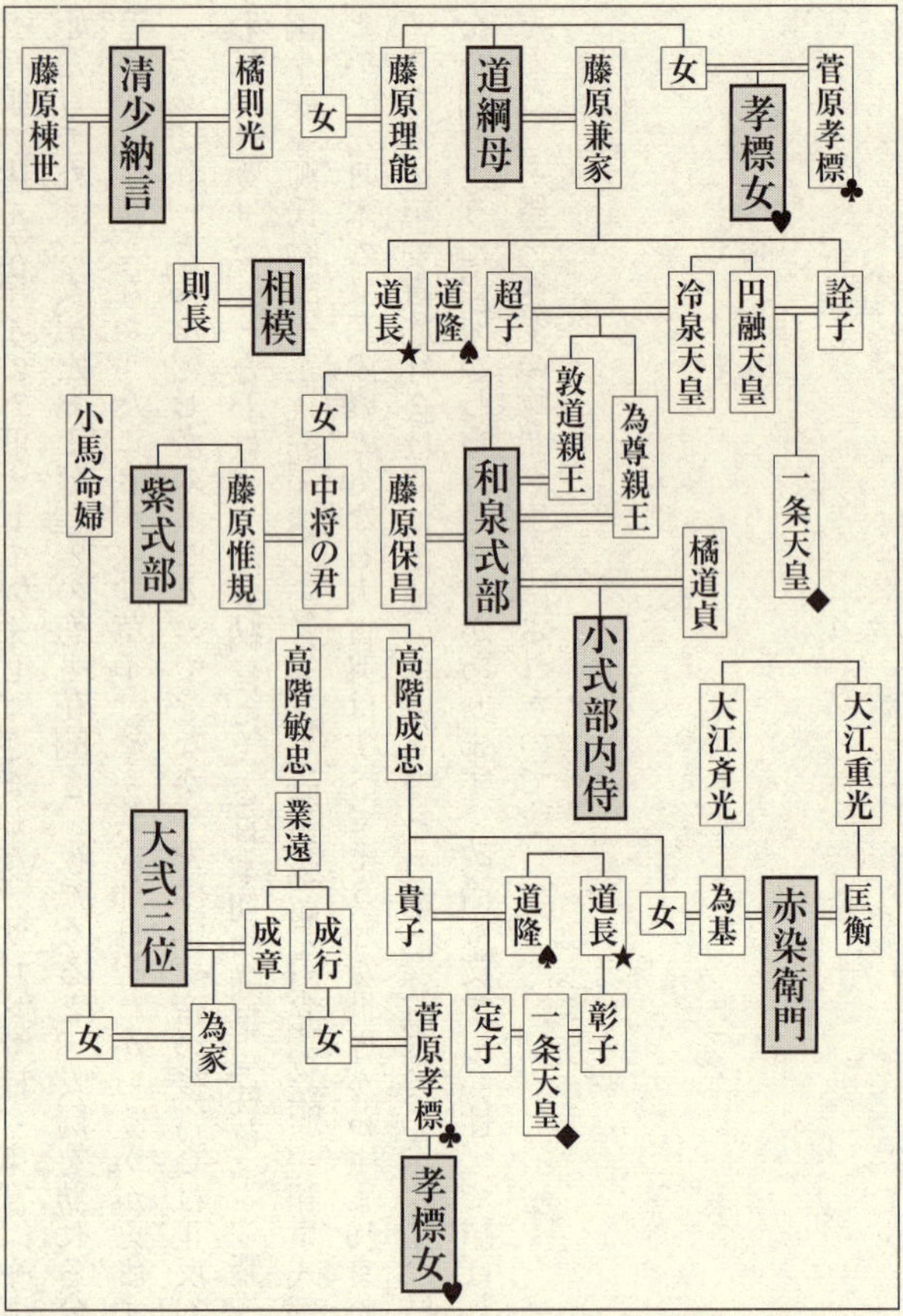

書ききれませんでしたが、紫式部の娘の大弐三位や和泉式部の娘の小式部内侍も複数の男と関係し、子も生んでいます。同一人物は ♠♣♥★◆ などと記しました。═ 結婚・性関係　▭ 有名文学者

コラム3 恋の歌は必要不可欠——雅《みやび》に託されたエロ

「エロいほうがエラい」古代日本の性愛社会において、大きな役割を果たしていたのが「歌」です。

『古事記』ではオホクニヌシノ神に、二人の妻が時間差で官能的に歌を詠んでいます。

「真っ白な楮《こうぞ》の綱のような私の白い腕を、あわ雪のようにやわらかなみずみずしい私の胸を、そっと撫《な》で、撫で可愛がり、玉のように美しい手をかわし、絡《から》め合って、足を伸ばして寝ましょうものを」（〝栲綱《たくづの》の　白き腕《ただむき》　沫雪《あわゆき》の　若やる胸を　そ叩《だた》き　叩《たた》き愛《まな》がり　真《ま》玉手《たまで》　玉手《たまで》差《さ》し枕《ま》き　股長《ももなが》に　寝《い》は寝《な》さむを〟）

とヌナカハヒメが歌えば、正妻のスセリビメも、

「あわ雪のようにやわらかなみずみずしい私の胸を、楮の綱のように真っ白な私の腕を、そっと撫で、撫で可愛がり、玉のように美しい手をかわし、絡め合って、足を伸ばしておやすみなさいませ。おいしいお酒を召されませ」（〝沫雪の　若やる胸を　栲綱の　白き腕　そ叩き　叩き愛がり　真玉手　玉手差し枕き　股長に　寝《い》を

し寝《な》せ　豊御酒《とよみき》　奉《たてまつ》らせ〟）

と、似たようなエロい歌を詠んで、夫にセックスアピールする。

これらの歌は演劇性の強いものといわれ、必ずしも彼女たちが詠んだ歌ではないにしても、彼女たちの歌として受け入れられているところに、当時の価値観が表れています。

これが平安時代になると、過度なセックスアピールはかえって男を萎えさせるという恋のハウツーが発達したせいか、ここまで露骨な表現はなくなります。とはいえ、日本初の勅撰《ちょくせん》和歌集『古今和歌集』（十世紀初頭）の二十巻中五巻は〝恋歌《こひのうた》〟と括《くく》られますし、日本人なら誰でも知っている『小倉百人一首』は、ざっと数えても百首中約四十首が恋の歌です。

「難波潟《なにわがた》に生えている蘆《あし》の短い節の間《ま》ほどのわずかな時間も、あなたと逢《あ》わずにこの世を生きよというの？　それはあんまりです」（〝難波潟みじかき蘆のふしの間も逢はでこのよを過ぐしてよとや〟）（伊勢《いせ》）

「あなたと愛し合ったあと、あなたを思う激しい気持ちに比べれば、ただ恋していただけの昔は何も思わなかったに等しい」（〝あひみてののちの心にくらぶれば昔はものを思はざりけり〟）（〈権〉中納言敦忠《あつただ》）

「あなたに逢えるなら、惜しくもなかったこの命さえ、長くあってほしいと思ったよ」(〝君がため惜しからざりし命さへ長くもがなと思ひけるかな〟)(藤原義孝)

「忘れはしないというあなたのことばがこの先ずっと守られるのは難しそうだから、いっそこうして愛されている今日を最後に死んでしまいたい」(〝わすれじの行末まではかたければ今日を限りの命ともがな〟)(儀同三司母《ぎどうさんしのはは》)

『古事記』の時代と比べると、短い文字数で、自然や花鳥風月といったあらゆる雅にエロを託した、個性的で洗練された表現になっており、ここまで進化するほどに、日本では恋の歌が必要不可欠であったことが分かります。

相手をいかに惹《ひ》きつけ、恋に勝ち抜くか、そのためいかに心揺るがす歌を詠めるかが、平安貴族の大きな価値となっていたのです。

第三章 『源氏物語』がどんな時代にも生き延びた理由《わけ》

――花鳥風月に託された性

古典文学はエロい。

という意見に、『源氏物語』（一〇〇八ころ）を読んだことのある人は、あるいは反論するかもしれません。

『源氏物語』はダイレクトな性描写がないことで有名だからです。

男が女に縷々《るる》口説き文句を並べていたかと思うと、次はもう、

〝鳥も鳴きぬ〟

と朝になっている。

源氏と、その父帝の正妃藤壺《ふじつぼ》中宮との許されざる濡《ぬ》れ場も、

「（藤壺の女房の）命婦の君が、源氏の君のお召し物などは取り集めて持ってきてい

る」（「若紫」巻）

という間接的な表現です。最高にエロい描写といっても、

「源氏の君が抱き寄せると、藤壺は源氏につかまれた上着をすべるように脱いで、にじり退《の》かれるものの、思いがけず、御髪《みぐし》も一緒に握られていた」（「賢木《さかき》」巻）

という表現がせいぜい（そのため、髪をつかんで抱き寄せられるわけで、これはこれでエロいのですが）。

セックスを意味することばも、『落窪《おちくぼ》物語』（十世紀）や『うつほ物語』（十世紀後半）だと、〝臥《ふ》す〟という表現が多いもの。

しかし、『源氏物語』で多用されるのは、〝見る〟〝語らふ〟といった間接的な表現です。

貴婦人が父や同腹の兄弟、夫以外の男に顔を見せなかった平安時代、女を〝見る〟とはセックス、ひいては結婚を意味しました。〝語らふ〟のほうは女房相手のセックスなど、より軽い性愛関係に使われます。

こんなふうに『源氏物語』の性表現は婉曲《えんきょく》的で、それだけに『源氏物語』ほど性表現に富んだ物語はない。ということに、『源氏物語』を全訳した際、気づきました。

『源氏物語』は、流行歌、古歌、自然や天体、あらゆるものに託して性を表現してい

ます。

歌に〝宿〟〝戸〟〝山〟（月が入る）など、何かを容《い》れるものが出てくれば女性器や女、〝月〟（山に入る）など何かに入るもの、〝傘〟のようにさしたり、形状がそれらしいものが出てくれば男性器や男を暗示すると見てまず間違いない。

『源氏物語』では森羅万象、花鳥風月すべてがエロを表している。ということは、それらの意味するところが分からなければ、『源氏物語』のエロさは理解できないのです。

花鳥風月が伝えるメッセージ

山に入る（沈む）月が多く男を表すなら、とりわけ花は女の象徴。花で女をたとえるのは『源氏物語』に限りませんが、とくに『源氏物語』では、女君のキャラクターの違いをさまざまな種類の花で書き分けているだけでなく、性愛絡《がら》みの伏線となっているのを見逃すことはできません。

源氏は四十歳で、十四、五歳の女三の宮を正妻に迎えるものの、のちにこの正妻は、息子夕霧の友人である柏木に寝取られます。

そのきっかけとなったのが、源氏の邸宅六条院で行われた蹴鞠《けまり》の遊びで、ここでも花が巧みに使われます。

女三の宮が、男たちの蹴鞠を御簾《みす》のかげから立って見ていたところ、やや大きな猫に追いかけられた小さな猫の綱が御簾に絡まって、引き開けられた御簾の端から、宮の姿があらわになってしまったのです。

貴人の御前ゆえ正装している女房と違い、高貴な宮は軽装なので、一目でその人と分かりました。

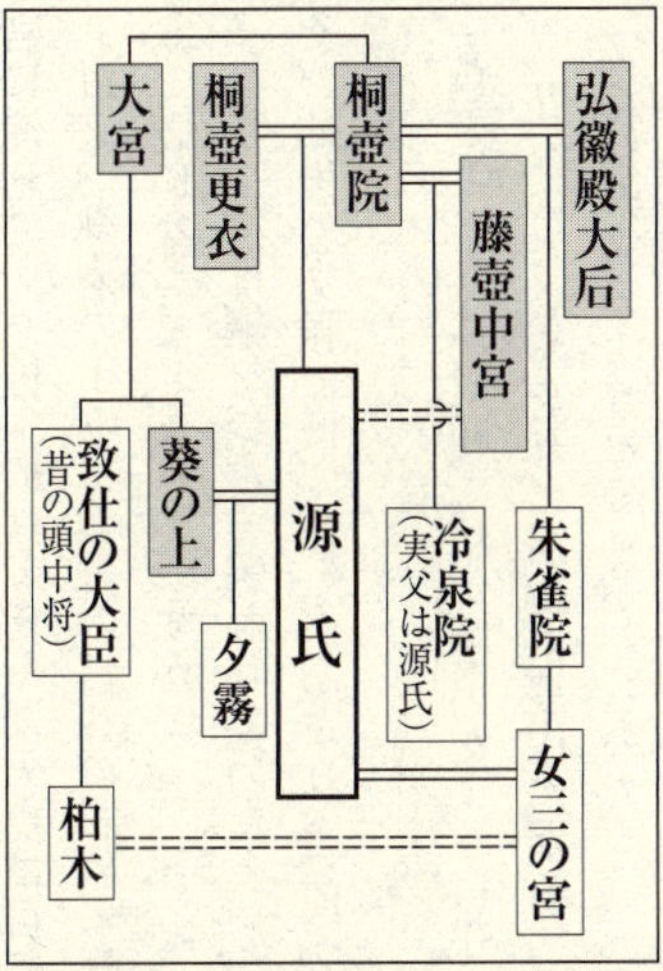

『源氏物語』「若菜下」巻時点
故人 ＝ 結婚関係 ＝＝＝ 結婚なしの性関係

貴婦人が端近くに立つというのははしたない行為である上、御簾が上がった状態を、すぐには女房たちが気づかないのも、女主人である宮のたしなみのなさを反映します。柏木と共にその姿を目にした夕霧は「可愛いようだが、心もとないな」と、内心見下す思いになります。

ところが、かねてから女三の

宮に憧《あこが》れていた柏木には、そんな欠点は目に入りません。

以来、熱病のように女三の宮への思いに焦《こ》がれ、ついにはその寝所に侵入するということになってしまうのですが……。

当時、猫は綱をつけて飼われていたという事実を伝えることでも有名なこのシーン、その前後の文脈には〝花〟があふれ、「何かが起きる」という官能的な高揚感が物語に充満しています。

「色とりどりに一面、〝紐《ひも》〟解いたように咲き〝乱〟れる〝花〟の木々」

「〝花〟のことも忘れて蹴鞠に夢中になる」

「〝花〟が雪のように降りかかるので」

「〝花〟が無秩序に〝乱〟れ散る」

「〝花〟の散るのを惜しむ余裕もない」（以上「若菜上」巻）……。

古典では〝花〟は美しい女の暗喩《あんゆ》と決まってます。

こうして花の語が出揃《でそろ》ったところで、猫がひどく鳴くのを振り返る女三の宮の、おっとりとした可憐《かれん》さに、魂を奪われたようになる柏木の有様が描かれる……。

その間《かん》わずか二ページ弱のあいだに、男女関係の乱れを表す〝乱れ〟〝乱りがはし〟という語が六語も使われ、〝花〟の〝紐〟が解かれるとか、〝散る〟といった、女との性愛を暗示することばが混じり合う。

〝花〟の〝紐〟を解くというのは、

「たくさんの花が一面、紐を解く秋の野で、思いきりみだらに戯《たわむ》れよう。どうか誰も咎《とが》めないでくれ」（〝ももくさの花の紐解く秋の野に思ひたはれむ人なとがめそ〟）

という『古今和歌集』の古歌で知られ、女と寝ることを意味します。紐を解くとは下帯の紐を解くことを暗示し、男女が打ち解けることをにおわせているのです。

流行歌が性愛シーンの伏線

雲に隠れるといえば人の死を暗示するなど、花鳥風月は性愛シーンだけでなく、心理描写やさまざまな物語の伏線、暗示としても使われます。

暗示や伏線ということで、とりわけ『源氏物語』が多用しているのが当時の歌謡曲で、「風俗歌《ふぞくうた》」と呼ばれる古代民謡や、貴族のあいだで大流行した「催馬楽《さいばら》」と呼ばれる古代歌謡は実に頻繁に出てきます。とくに『源氏物語』における催馬楽は、そのほとんどが性愛を暗示するために使われていると言ってもいいほどです。

拙著『源氏物語』全訳（全六巻）の「ひかりナビ」（『源氏物語』を読み解くためのナビゲーション、解説です）でもそのつど細かに説明してきたことですが、催馬楽は、物語の伏線として、あるいは男女のやり取りや酒の席など、さまざまなシーンで歌の文句が出てくる上、「竹河」「総角《あげまき》」「東屋《あずまや》」のように、曲の題名が、『源氏物語』の巻名にそのまま使われているものもあります。

そもそも催馬楽には性的な色合いの濃いものが多く、「陰名《くぼのな》」という女性器の呼び名ばかり並べた歌もあり、『源氏物語』を生んだ一条帝の時代、この手の歌が流行《はや》っていたのは興味深いものがあります。娘を東宮や天皇とセックスさせ、生まれた子を帝位につけて、その後見役として一族繁栄をはかる「セックス政治」が行われていた当時、性愛のもつ意味は重いものがありました。

『源氏物語』を訳していると、マニアックなまでに漢籍の引用が多くて辟易《へきえき》したものですが、こと性愛面では、平易な催馬楽を多用しているので、ホッとしたものです。

当時、漢文は男が使うものであり、『源氏物語』でも基本的にそういう設定ですが、催馬楽は朧月夜《おぼろづきよ》、玉鬘《たまかずら》、雲居雁《くもいのかり》といった主要な女君も口にしており、男女を問わず、平安貴族にとってポピュラーなものでした。

『源氏物語』は、話の本筋とは関係ない故事の部分では漢籍を多用してその知識を見せつけ、女子供の慰み物と見下されていた物語の存在を、当時の貴族男性にも認めさせる一方、話の根幹に関わる性愛面では、皆に親しまれている催馬楽を他の古典文学には見られないほど多用することで、露骨なことばを使わずとも、誰もがピンとくる性的な世界を構築したのです。

源氏は最初の「桐壺《きりつぼ》」巻で、数え年十二の折に、四歳年上の左大臣家の姫君葵《あおい》の上と結婚しますが、彼の性愛が初めてきちんと描かれるのは続く「帚木《ははきぎ》」巻、源氏十七歳の初夏の出来事として、です。

有名な「雨夜の品定め」で男たちの性愛体験を聞き(ここにも「飛鳥井《あすかい》」という催馬楽が出てきます)、中流女性に興味を持った源氏は、方違《かたたが》え(陰陽道《おんようどう》の中神のいる方角を避けるため、いったん別の場所に行ってから改めて目的地に行くこと)で訪れた紀伊守《きのかみ》邸にいた空蟬《うつせみ》と契《ちぎ》ります。その前に、『源氏物語』には二人の性愛を暗示するさまざまな「伏線」が歌謡によって張り巡らされます。

源氏一行の急な来訪に、紀伊守邸は大わらわ。家の〝主《あるじ》〟である守も、一行をもてなすための酒の〝肴《さかな》〟を求めて、

〝こゆるぎのいそぎ歩く〟

と物語は言います。〝こゆるぎのいそ〟は相模《さがみ》の地名で、〝磯《いそ》〟と〝急〟ぎを掛けているだけでなく、風俗歌の「玉垂《たまだ》れ」を響かせています。「玉垂れ」の歌詞は、

「玉すだれの〝緒《を》〟じゃないが、酒の〝小《を》〟瓶《がめ》をお客の席に置き、主はといえば、酒の肴を探しに、肴を取りに、こゆるぎの磯へ行ったよ。磯のわかめを刈りに」(〝玉垂れの　小《を》瓶《がめ》を中に据ゑて　主はも　や　肴求《さかなま》きに　肴取りに　こゆるぎの　磯の若藻《わかめ》刈り上げに〟)(本によってはこのあとに〝若藻刈り上げに〟と続く)

というもので、このシーンにぴったりの歌の内容なのですが、原文の〝求《ま》き〟は男が女を抱いて寝る〝枕《ま》き〟、〝若藻〟は若妻を意味するのではないか。つまり、これから出てくる伊予介《いよのすけ》の若妻である空蟬を暗示するのではないかと私は考えます。というのも、この文脈の中に、はじめて空蟬の存在が現れるのです。

その部分を現代語訳すると、

「〝主〟である紀伊守も〝肴〟を求めて〝こゆるぎの磯〟ならぬ〝急ぎ〟歩くあいだ、源氏の君はゆったりと外をながめて、『皆が〝中の品〟(中流)として話題に出していたのはこのたぐいなんだろうな』と思い出しています。気位が高いというふうにかねて聞いていた〝娘〟なので、どんな人だか知りたくて、耳を澄ましていると、すぐ西向きの部屋で人の気配がします」

この〝娘〟については、伊予介の先妻の娘である軒端荻《のきばのおぎ》を指すという説もあるものの、文脈からして空蟬で間違いないでしょう。

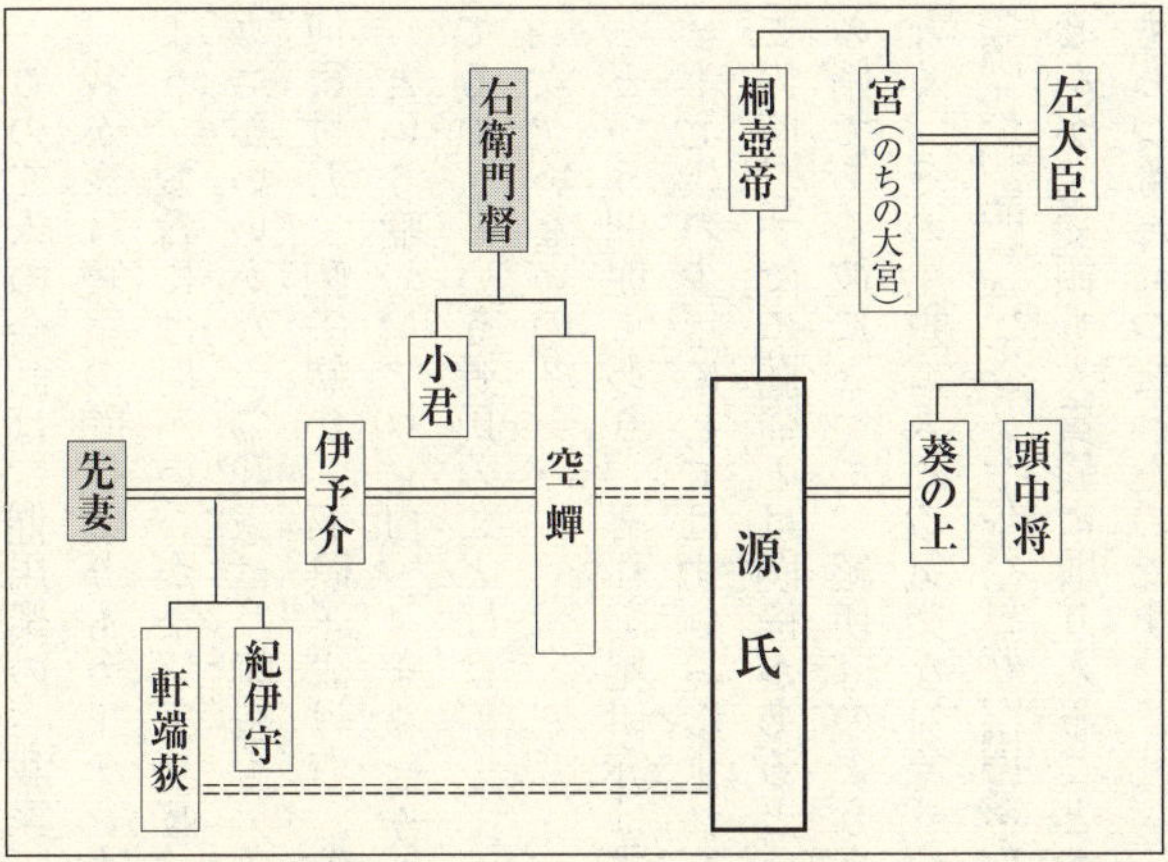

『源氏物語』「空蝉」巻時点　▒故人　══結婚関係　＝＝＝結婚なしの性関係

空蝉は桐壺帝への入内《じゅだい》話もあった人で、父の死によって、自分よりずいぶん身分の劣る、親ほどの年齢の伊予介の後妻になり、今は任国に単身赴任している夫と離れ、継子の紀伊守邸にいたのです。

こうして空蝉という存在が読者に示された直後、紀伊守が自ら明かりや果物を用意してやって来ます。その時、源氏は守に向かってこんなことを言うのです。

「〝とばり帳〟もどうなってるの。そっちのほうの用意もなくては興ざめな接待だろう」

すると守は、

「〝何よけむ〟（何がよろしいか）とも、お伺いしかねまして」

と、かしこまって控えている。

この二人の会話は、催馬楽の「我家《わいへ》」がもとになっています。

「我が家は寝室の間仕切りもカーテンも垂らしてあるから、皇族様も歓迎さ。婿《むこ》にしよう。お肴には何がいいかな。アワビ、サザエ、ウニがいいかな。アワビ、サザエ、ウニがいいかな」（〃我家《わいへ》は　帷帳《とばり》も　垂れたるを　大君《おほきみ》来ませ　聟《むこ》にせむ　御肴《みさかな》に　何よけむ　鮑栄螺《あはびさだを》か　石陰子《かせ》よけむ　鮑栄螺か　石陰子よけむ〃）

という歌で、アワビ以下、すべて女性器の隠語。つまり「〃とばり帳〃もどうなってるの」という源氏のことばは、

「女、いないの？」

という催促であり、それを紀伊守は慇懃《いんぎん》にいなしている、というわけです。

十七歳の少年にしてはずいぶんすれた要求ですが、源氏は十二歳で結婚している上、この時、すでに藤壺とは関係があるという筋書きです。何よりミカドの子で左大臣家の婿である彼にとって、紀伊守のような受領《ずりよう》階級は、門から一度も牛車《ぎつしや》を降りることなく、その屋敷に入れる気楽な対象。つい本音の軽口が出たという設定なのでしょう。

『源氏物語』はそうした大貴族の横暴に対する受領の困惑ぶりを描くことをも忘れませんが、受領も大貴族に取り入ることで、良い任国にありつけるのですから、両者はもちつもたれつだったのです。

催馬楽が牽引《けんいん》する『源氏物語』の性

催馬楽は、ほかにも主人公の性愛関係の要所要所で、『源氏物語』に顔を出します。源氏の娘を生むことで、彼の栄華を決定づけた明石の君との関係も、催馬楽によって、読者はあらかじめ知ることができます。

源氏が須磨《すま》で謹慎中、明石の君の父入道の屋敷に迎えられた際、入道は「こうした機会に、娘と源氏の君をなんとか結婚させたい」と考えていました。が、都落ちしているとはいえ、皇子の源氏と、地方官僚ふぜいの入道とでは身分に大きく隔たりがあって、入道はそうと言い出せないでいたのです。

そんなある夜、源氏と入道は管絃《かんげん》の遊びに興じます。その時、物語にはこんな一文が綴《つづ》られます。

「ここは〝伊勢の海〟ではないけれど、〝清き渚《なぎさ》に貝や拾はむ〟などと、声のいい人に歌わせて、源氏の君ご自身も、時々、拍子を取って声を添えられるのを、入道はそのたびに箏《そう》の琴を弾きさしては、褒めそやします」（「明石」巻）

この一節によって物語にはただちに色恋ムードが漂い、当時の読者は「源氏と明石の君はこれから結ばれるんだな」と察したに違いない、と私は考えます。というのも

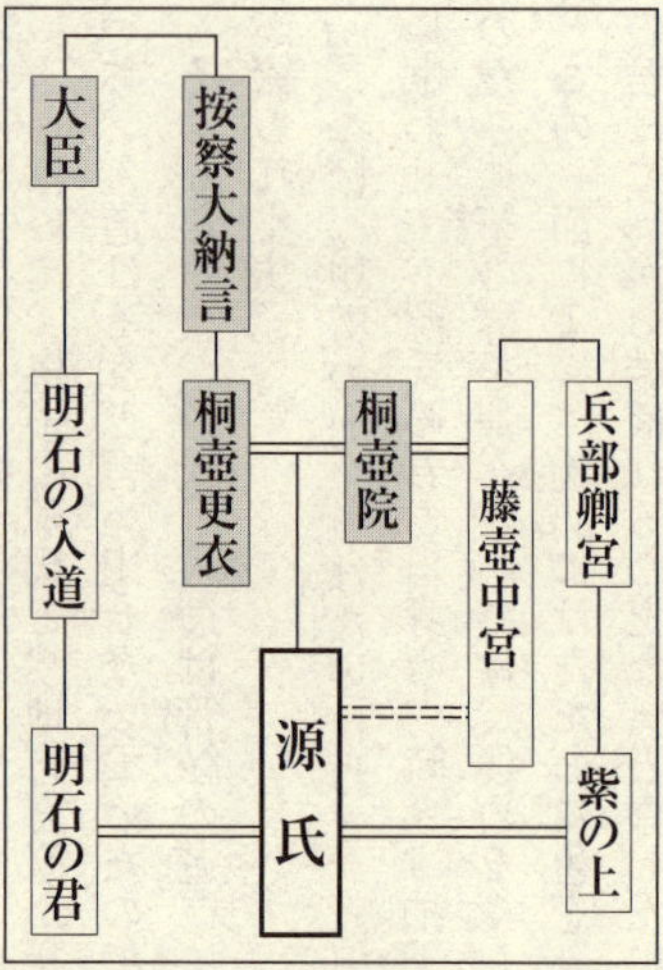

『源氏物語』「明石」巻時点
故人　══ 結婚関係　=== 結婚なしの性関係

「伊勢の海」の歌詞は、
「伊勢の海の清らかな海岸で、潮の引いている間《ま》に、〝なのりそ〟を摘もう。貝を拾おうよ、玉を拾おうよ」（〝伊勢の海の
清き渚に　潮間《がひ》に　なのりそや
摘まむ　貝や拾はむや　玉や拾
はむや〟）
　というもの。〝なのりそ〟は海藻の一種ですが、〝な告《の》りそ〟が掛けてあって、和歌では「名を告げない」「名を告げる」といったことばを導く語句となっています。
『源氏物語』の訳本などに書かれているのはこのていどで、これだけだと、なぜ色恋ムード？　と思うでしょうが、古代、名前にはマジカルな意味が込められていて、めったに人に教えてはならないとされていました。男が女に名を聞くことはすなわち求婚を意味し、女が男に名を告げることはそれにオッケーしたと見なされます。つまり

「〝なのりそ〟を摘もう」とは、「名を告げる人も、名乗らぬ人も、摘みましょう」ということ。何を摘むのか、といえば、もちろん異性です。

木村紀子（東洋文庫『催馬楽』）によると、この歌の〝貝〟は女性、〝玉〟は男性を暗示します。

「伊勢の海に集まって、名を告げる人も名乗らない人も、女と寝ようじゃないか、男と寝ようじゃないか」というわけです。

ジョーズのテーマ曲が流れれば次はサメが出るぞと分かるように、この歌が出てきたからには男と女が結ばれる、明石の君はきっと源氏と結ばれる……当時の読者は期待を込めて確信したはずです。

なぜ『源氏物語』はダイレクトな性表現を避けるのか

このように『源氏物語』の性は花鳥風月や歌謡に託して語られることが多いのですが、『源氏物語』が生まれた平安中期は、大貴族が娘に皇子を生ませ、その後見役として一族が繁栄していた、性が政であり生でもあった時代です。

そんな時代に、『源氏物語』がダイレクトな性愛表現を避けたのは、なぜなのか……。

実は『源氏物語』以前の平安文学の性表現はかなり露骨です。
『落窪物語』には、
「装束を解いて横になられた」（〝装束解きて臥したまひぬ〟）（巻之一）
「抱き寄せて横になった」（〝かき抱《いだ》きて臥しぬ〟）（同前）
「胸をまさぐって、手を触れる」（〝胸かいさぐりて手触る〟）（巻之二）
『うつほ物語』には、
「（東宮があて宮を）ぎゅっと抱きしめて臥されると、妊娠五カ月ほどのお腹《なか》がひどく動くので」（〝つと抱きて臥したまへば、五月ばかりの腹いみじう働きて〟）（「蔵開下」巻）
といった生々しい表現があります。
『うつほ物語』ではさらに、皇后が、〝つび〟（女性器）や〝ふぐり〟（陰嚢《いんのう》）ということばを連発。
「この左大臣家の女たちには、どんな〝つび〟（女性器）がついているのやら。そこに少しでもくっついた男を皆吸い寄せて、大事を成す妨げをする」（〝この女《め》の子どもは、いかなるつびかつきたらむ。つきとつきぬるものは、みな吸ひつきて、大いなることの妨げもしをり〟）（「国譲下」巻）

と、ライバルの一族を罵《ののし》り、

「あぁだらしない。〝ふぐり〟(金玉)のついた男の端くれに生まれて、そんなふうに言うとはね」(〝あな放俗《ばうぞく》な。ふぐりつきて、男《をのこ》の端となりて、かうものをいはむよな〟)(同前)

と、及び腰の兄弟に向かって腹を立てます。

この兄弟にしてからが、以前には、やはりライバルの一族のことを、

「あちらはどんな〝窪《くぼ》〟(女性器)のついた娘をお持ちなのかと思うよ。さらにもう一つの〝窪〟がいて、蜂《はち》の巣のように皇子を生み広げるようだ。日本中の皇子たちは皆あの一族の〝窪ども〟が生み尽くしてしまわれるだろう」(〝いかなる窪つきたる女《をん》子持たらむとぞ見ゆるや。また、今一つの窪ありて、蜂巣《はちす》のごとく生み広ぐめり。天《あめ》の下の皇子たちは、この窪どもに生み果てられたまふめり〟)(「蔵開中」巻)

と、罵っていた。

母が娘の着物の裾《すそ》をめくって女性器を見ることによって、これから生まれる子の性別を予測するシーンもあって(「国譲上」巻)、あけすけな性はこの物語の一つの特徴なのかとも思えるのですが、そんな『うつほ物語』は、『源氏物語』の「絵合」巻や「螢」巻、『枕草子』の「物語は」の段にも出てくる、当時の女房たちにも愛読されて

いた物語です。

先に触れたように、平安貴族が好んだ流行歌集の『催馬楽』にも、「陰名《くぼのな》」という女性器の呼び名ばかり並べた歌があったり、漢文の粋を集めた『本朝文粋《ほんちょうもんずい》』（一〇五八ころ）には、「鉄槌伝《てっついでん》」という男根を擬人化した漢詩も収められています。

そうした中で、『源氏物語』が性をあからさまに描かなかったのは、何と言っても女性作者ということが大きいでしょう。

さらに、当時の日本よりは男尊女卑の傾向が強かった中国の漢文知識の豊富な作者であるだけに、女が性を語ること、性に積極的な姿勢を見せることへの嫌悪感《けんおかん》も手伝っていたでしょう。

もう一つ、性愛そのものがもつ「あやうさ」と「はかなさ」を作者が痛感していたからではないか……。そうも私は考えていて、男が女に恋文を送って数カ月やり取りした上、何度も女の家に通い、やっと会えるといった過程を踏まず、多くはあやふやなうちに始まる『源氏物語』の男女関係は、実際、常に砂上の楼閣のような頼りなさでもって登場人物を苦しめることになります。

歌謡や花鳥風月に託した間接的な性表現の「効果」ということを考えると、歌や花鳥風月そのものがもつイメージとの相乗効果で、読者の想像力に任せた無限の広がりを物語世界に与え、文学性が高まった、と、優等生的に考えれば、そんな感じですが、『源氏物語』にダイレクトな性表現がなかったことは、実は『源氏物語』自身の生き残りにも一役買っていると私は見ています。

中世には、作者の紫式部が、「根拠もないような優美で色めいたことを書いた」というので地獄に堕《お》ちたという説が出回ったり（『今鏡』『宝物集』）、第二次大戦前は不敬文学という声もあったものの、これだけ性愛にあふれていながら、全時代を通じて古典文学の王として君臨してきたのは、一つには露骨な性描写がなかったためだと思うのです。

それだけに、『源氏物語』に描かれた性愛の醍醐味《だいごみ》は、歌謡や花鳥風月に託された意味が分からないと味わえません。

そういうわけで……手前味噌《みそ》で恐縮ですが……私の全訳では全精力を『源氏物語』に秘められた性愛の読み解きに注いだのです。

第四章　『万葉集』の「人妻」の謎《なぞ》

――不倫が文化だった平安時代に消えた「人妻」

人妻不倫文学史のような本を書こうとして、人妻や不倫について調べたことがあります。

結局、書くのは断念したのですが、その時、気になったのが『万葉集』（七七一以後？）に出てくる「ひとづま」ということばの多さです。

『万葉集』には、「ひとづま」が十五例も歌われています。

古代、「つま」は配偶者の意で、夫から見た妻だけでなく、妻から見た夫をも指しますが、『万葉集』の「ひとづま」で「他人の夫」を意味するものは一つだけ。それも自分の夫（己夫《おのづま》）を思うがゆえの文脈で、他人の夫にエロい気持ちは皆無です。あとの十四例は「人妻」を意味する上、現代語と同様、欲望の対象として歌われています。

それが平安時代以降になると、パタッと「人妻」という語の使用例が減る。古代民謡である「催馬楽《さいばら》」の「東屋《あずまや》」やそれを引用した『源氏物語』(一〇〇八ころ)に〝人妻〟の語が、また『枕草子』(一〇〇〇ころ)の「里は」の段に〝人妻の里〟という地名(所在不明)が出てくるのが目立っていどで、ほとんど見られなくなります。

『万葉集』以後に多い人妻不倫

一体、なぜなのか。

平安時代以降になると、人妻不倫が減ったというならともかく、平安時代こそ、まさに人妻不倫の時代と言っていいほどなのです。

『伊勢物語』(十世紀初頭)十五段は、

「昔、陸奥国《むつのくに》で、〝なでふことなき人の妻《め》〟(どうということのない人の妻)に、男が通っていたころ」

と、人妻との不倫が日常茶飯のような感じで始まりますし、平中と呼ばれる人物は、『今昔物語集』(一一三〇ころ)によると、

「〃人の妻《め》〃、令嬢、宮仕え女房で、関係を持たない女は少なかった」（巻第二十二第八）

といいます。

この平中を主人公にした『平中物語』（十世紀半ば）には、平中が二度ほど寝た女がひどく夫に〃つつむ〃（遠慮する）人だったので面倒に思って、それ以上つきあうのをやめたという話もあって（十三）、人妻との性愛が当たり前のように描かれます。

浮気がばれて開き直る人妻の姿も平安文学には描かれていて、『後撰《ごせん》和歌集』（九五八以前）には、

「〃みそか男《をとこ》したる〃（間男を通わせた）妻をきつい言い方でなく問いただしてみるが、妻はものも言わなかったので（歌を詠《よ》んだ）」

という詞書《ことばがき》をもつ歌があります。

同歌集には、

「妻が〃みそか男《をとこ》したりける〃（間男を通わせた）のを見つけて、咎《とが》めた翌朝」

という詞書をもつ歌もあり、

「今はもうこれまでと飽き果てられた身だけれど、秋霧が立って隔てるように、心を隔てるあなたをとても忘れることはできない」（〃今はとて秋はてられし身なれどもき

りたち人をえやは忘るる〟）

と、浮気された夫が妻への未練を詠んでいます。浮気妻より、その心をつなぎとめられなかった夫のほうが自分を恥じている。〝みそか男す〟という慣用句があったこと自体、人妻不倫の多さを物語っています。

しかも、それらの不倫はすべて〝宿世《すくせ》〟ということばで許されてしまう。

〝宿世〟というのはもともと仏教用語で、前世からの宿縁を意味しますが、『源氏物語』をはじめとする平安文学ではこのことばがほぼ男女の情交限定で使われており、「男女のことは何があっても〝宿世〟、前世から決まっている逃れられない運命だから仕方ない」

とされていました。

こんなふうに「人妻不倫」ということなら、むしろ『万葉集』以後の平安時代のほうが盛んだったのに、『万葉集』では「ブーム」と言えるほど、人妻ということばがたくさん出てくるのです。

「人妻」はどこからきたか

なぜ『万葉集』には「人妻」が多いのか。

『万葉集』の時代はまだ日本固有の文字がありませんから、全文、中国の漢字を当てて書かれています。

ということは、『万葉集』の「人妻」ブームは中国からきたのか？　とも思ったのですが、調べると、そうではなさそうです。

中国に詳しい人に聞いたところ、現代の中国では、「人妻」の語はちょっとエロい意味で使われているそうですが、「美魔女」などと共に、日本から「輸入」されたものと認識されているようです。

では古代中国に「人妻」という熟語はなかったのか。

万葉人が影響を受けたとされる漢詩集の『玉台新詠《ぎょくだいしんえい》』（六世紀）を全編当たったところ、〝妻〟という字はたくさんあるのに、〝人妻〟という熟語は見当たりません。

中国では淫乱《いんらん》な女は悪女とされていたので、悪女ばかり集めた『列女伝』（紀元前一世紀）巻七の孽嬖《げっぺい》伝には人妻不倫の話があるはずと思って当たると、案の定、〝人〟の〝妻〟でありながら盛んに男と通じているという話はたくさんあるのですが、「人妻」という言い回しが出てこない。

それで思い出したのが、昔、「悪女」について調べていた時に見た『漢書』（一世紀）の景十三王伝第二十三の記事で、それは小竹武夫の日本語訳だったのですが、読み返すと、広川国の王となった海陽《かいよう》が、「人妻」だった妹を、自分の寵臣《ちょうしん》と姦通《かんつう》させたとある。しかも調べると、原文もここは〝人妻〟です。とはいえ、原文は、

〝海陽女弟為人妻。而使與幸臣姦〟

で、直訳すると、

「海陽は妹を〝人〟の〝妻〟としながら寵臣と姦通させた」

といった具合で、『万葉集』に歌われるような熟語とは言いがたいのです。逆に言うと、原文では単に「人の妻」という意味なのに、日本語訳されると「人妻」となるのは、日本語ではそれだけ「人妻」という語がポピュラーということでしょう。

『万葉集』の「人妻」ブームは、中国由来ではなく、当時の日本の情勢から出てきたことになりそうですが、そもそも「人妻」ということばが、「禁断の恋の対象」「欲望の対象」として歌われるには、「他人の妻を犯してはいけないというタブー」がありつつ、しかもそれが深刻なタブーではなく、甘い誘惑の種として文学の素材となるていどの「ゆるさ」があるのが前提です。また、妻は夫の所有に帰するという「所有意識」も必要です。

今のフランスのように結婚制度が崩壊していたら、人妻はエロくも何ともありませ

ん。結婚制度があるていど整っていて、「人妻との不倫は良くない」という意識があるから欲情できる。しかしそれで死罪になるような世界だと、不倫するような人妻は「悪女」として疎《うと》まれ、欲情どころではありません。

「人妻」ブームは「不自由さ」と「ゆるさ」が同居してこそもたらされる。

『万葉集』の人妻が詠まれた時代がこれだったのではないか。

『万葉集』の人妻は、許されない恋の対象として甘く、そそる感じにうたわれていて、悪女として非難されるようなイメージはありません。

「都大路で逢《あ》った人妻のせいで、思い乱れて寝る夜が多い」（〝うちひさす　宮道《みやぢ》に逢ひし　人妻故《ゆゑ》に　玉の緒《を》の　思ひ乱れて　寝《ぬ》る夜《よ》しぞ多き〟）

「人妻を口説くのは一体誰かしら。下着の紐《ひも》を解けと言うのは誰のことば？」（〝人妻に　言ふは誰《た》がこと　さ衣の　この紐解けと　言ふは誰がこと〟）

「気をもませる人妻だなあ。漕《こ》ぎ行く舟のように忘れはせずに、思いがますますつのるのに」（〝悩ましけ　人妻かもよ　漕ぐ舟の　忘れはせなな　いや思《も》ひ増《ま》すに〟）

これらはいずれも読み人しらず。どれも民謡的・庶民的な歌ですが、高貴な人による人妻の歌で有名なのが、額田王《ぬかたのおおきみ》の、

「赤色に輝く紫野を行き、立ち入り禁止の皇室所有の野を行って、管理人が見てやしないかしら。あなたが袖《そで》を振るのを」（〝あかねさす　紫野行《むらさきのゆ》き標野行《しめのゆ》き　野守《のもり》は見ずや　君が袖振る〟）に対して、〝皇太子《ひつぎのみこ》〟がこたえた歌。

「紫草のように光り輝くあなたが憎ければ、人妻と知りながら、私は恋したりするものか」（〝紫草《むらさき》の　にほへる妹を　憎くあらば　人嬬《ひとづま》ゆゑに　我恋《あれこ》ひめやも〟）

これは、天智天皇の七年（六六八）五月五日、天皇が蒲生野《かもうの》で遊猟《みかり》（薬草を採る儀式的行楽）した際、皇太弟（大海人皇子《おおあまのおうじ》）、臣《うちのおみ》（藤原鎌足）らが付き従っている時に詠まれたものです。

詠み手の〝皇太子〟は大海人皇子（のちの天武天皇）というのが通説ですが（天智天皇の皇子の大友皇子という説もあります）、この時、天智天皇の妻だった額田王は、それ以前に大海人皇子の妻として十市皇女《とおちのひめみこ》を生んでいる（『日本書紀』巻第二十九）。つまりこの歌は、大海人皇子が今は人妻となった元妻に送っているのです。

加えて、同じ『万葉集』の巻第一に、天智天皇の有名な大和三山の歌があるので、天智・大海人兄弟が妻を争ったという説が出てくる。三山の歌とは、

「香具山《かぐやま》は畝傍山《うねびやま》を愛《いと》しく思い、耳梨山《みみなしやま》と争った。神代の昔からこんなものらしい。いにしえもそうだったからこそ今の世でも妻を争うらしい」（〝香具山は　畝傍ををし

と　耳梨と　相争ひき　神代より
かくにあるらし　古昔《いにしへ》も　然《しか》にあれ
こそ　うつせみも　妻を　争ふらし
き〟

という、山どうしが妻を巡って争う歌。

これらの歌から、天智天皇と大海人皇子と額田王の三人の三角関係が、古来、疑われてきました。

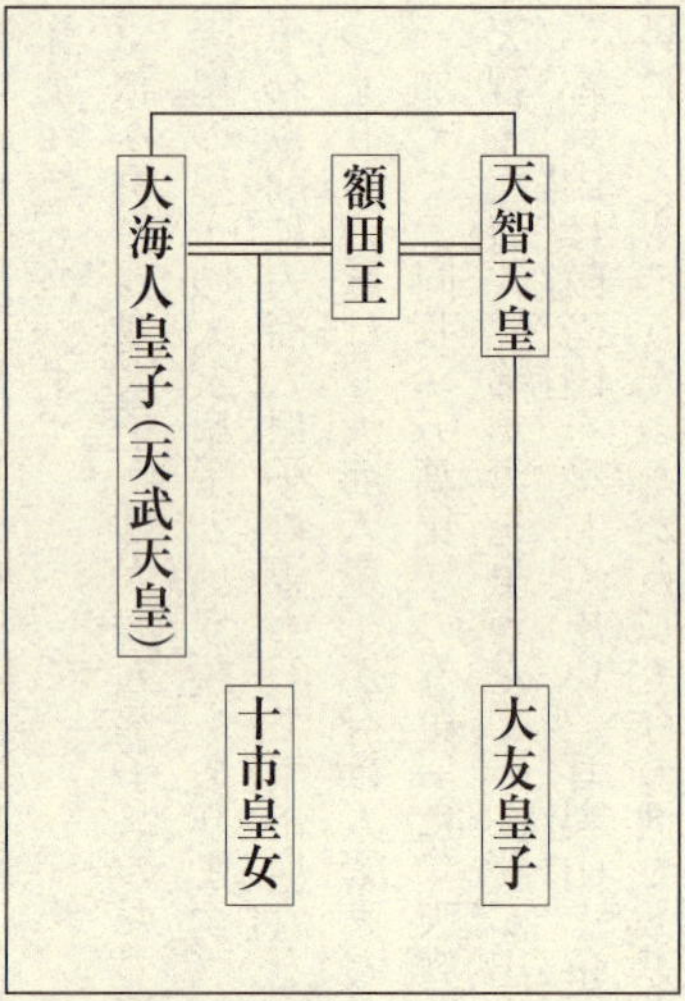

══ 結婚関係

一方で、額田王と大海人皇子の歌は宴席のおふざけの歌だ、当時、額田王は四十前後だったことを思えば、感情のもつれなど残ってはいまい、恋歌であることはあり得ないという国文学者の池田彌三郎以来の説があります。四十前後だからというのは偏見に過ぎないにしても（『万葉集』には多くの老いらくの恋が歌われていますし）、そもそも恋歌なら「雑歌《ぞうか》」が集められた巻第一でなく、恋歌を集めた「相聞《そうもん》」を収めた巻に分類されるはず等々の理由から、今は「戯《ざ》れ歌《うた》」説が定説ですが……。私が注目したいのはこの歌が詠まれた時期なのです。

〝人嬬ゆゑに〟の歌が詠まれたのは六六八年。

日本に「律令《りつりょう》」という中国（唐）の法体系が導入された時期に重なります。

おまけに額田王と関係のあった天智天皇、とくに大海人皇子（天武天皇）は律令国家推進の立役者です。

そして、直木孝次郎の分析によれば、『万葉集』にある十四の「人妻」歌が作られた年代は、七世紀後半から八世紀初頭（「萬葉集にみえる『人妻』について」）。

まさに「律令制」の時代です。

律令の導入で浮上した結婚観

律は今でいう刑法、令は民法。この律令によって日本ではじめて婚姻に関する規定が生まれます。

その規定では、人妻との情交を〝奸《けん》〟（姦罪）として処罰の対象にしている。

といっても実は、本来の〝奸〟は「婚姻の礼」によらないセックス、「婚前交渉」を意味します。

日本思想大系の『律令』によると、中国では「婚姻の礼」によらない男女の情交は

一切認めず、唐律では、和姦・強姦を問わず、また配偶者の有無を問わず、

「すべて姦罪として処罰の対象」

となりました。日本もこうした唐の法を継承し、家族関係の法を定めた「戸令《こりょう》」では、婚姻の礼によらない情交を〝姧〟としているのですが、

「古代の日本では、未婚男女の情交は比較的自由であり、婚姻のほとんどは先《ま》ず男女の情交から始まったと推測されるので、これらの条文は、現実には殆《ほと》んど機能しなかったと思われる」（前掲『律令』）

立法者は、日本の実情に合わない法律を、建前だけでも取り入れようとしたわけです。

一方、律全体の通則を定めた「名例律」では、皇族や官位ある人の減刑措置が適用されない例外や、免官すべき罪の一つとして〝姧〟を挙げつつ、「日本律独自の」（前掲『律令』）但《ただ》し書きとして、
〝姧他妻妾〟（他の妻妾を姧する）
〝妻妾犯姧〟（妻妾が姧を犯す）
などとある。
つまり、唐ではたとえ未婚の男女でも「婚姻の礼」によらない情交はすべて〝姧〟

として処罰されたのに、日本の律では、人妻と情交した者・人妻の身で情交に応じた者だけが〝姧〟の対象になるというゆるい規定になっているのです。

そりゃそうでしょう。

『古事記』では、スサノヲの娘のスセリビメが、オホナムヂ（のちのオホクニヌシノ神）に一目惚《ひとめぼ》れしてセックスしたあと、父親に事後報告してオホナムヂの正妻となりますし、平安貴族も、男が三日、女の家に通い、セックスしたあと、婚姻成立となっていたわけで、つまり、

「セックス→結婚」

というのが古代の日本人の順番です。

官僚たちとしては、「結婚→セックス」の唐と同じような法を整備したい気持ちは山々ながら、事は自分たちの首にかかわる問題なので、免官等の対象は、人妻不倫だけにとどめたのでしょう。

逆に言うと「人妻不倫」だけは、古代官僚の感覚からしても「まずい」という気持ちがあったわけです。

同じ〝姧〟でも「戸令」と「名例律」では意味が違うというのもお粗末で、律令の

婚姻法にどこまで実効性があったのか、疑問としか言いようがありませんが、いずれにしても律令の導入により、古代人が「婚姻」を意識しだしたのは確かで、「人妻」という観念もこの時、急浮上したのではないか。

堀江珠喜によると、平安時代以降ほとんど使われなくなった「人妻」が明治時代になると使われだすのは、

「明治になってから『夫婦』に関する法律が定められ、新聞などが『夫』や『妻』という言葉を広く使い始めた」(『「人妻」の研究』)からだといいます。

これと似たようなことが『万葉集』の時代にもあったのでしょう。

『万葉集』には、〝己妻《おのづま》〟という言い回しが、律令制ど真ん中の七一二年に成立した『古事記』には〝阿豆麻《あづま》〟ということばが出てきます。ヤマトタケルノ命が、犠牲になった妻のオトタチバナヒメノ命《みこと》を悼《いた》んで、〝あづまはや〟(我が妻は、ああ)と言った。そこから東国を指す吾妻《あずま》(東)という語が生まれたという神話です。

「つま」はもともと日本にあったことばであるものの、中国から婚姻法の観念が導入されることで、「人妻」を含めた「妻」ということばが流行したのではないか。その背景には、平安貴族と比べると意外と厳しい性観念……人妻不倫は「まずい」といった……が、当時の上流階級にあったと思うのです。

本当は血なまぐさかった歌垣

『古事記』や『万葉集』で活躍する大和・奈良時代の貴族の男女関係は、平安貴族と比べると、かなり血なまぐさいものがありました。『万葉集』の人妻の歌の一つに、「人妻に私も交わろう。我が妻に人も言い寄れ。この山を治める神が、昔から諫《いさ》めぬ行事だ」（〃他妻《ひとづま》に　吾《あ》も交はらむ　吾妻《あがつま》に　他も言問へ　この山を　うしはく神の昔より　禁《いさ》めぬ行事《わざ》ぞ〃）

という一節で有名な「歌垣」の歌があります。歌垣とは、男女が山や市に集まって、歌のやり取りを通じて求愛する遊びで、豊穣《ほうじょう》を祈る儀礼の一環。古代日本人の性は「おおらかだった」ということで必ず引き合いに出される歌ですが、私は古代日本人はエロいけれど、その性が「おおらかだった」とは思いません。

古代人は「性におおらか」と言うより、植物や動物を増やす性愛を「重視していた」。

だからこそ、神々のセックスで国土が生まれたと歴史書に記し、神に捧《ささ》げる祭や、歌垣にも性がつきものなのです。

『古事記』には、殺し合いに発展した歌垣も出てきます。

清寧天皇に子がいなかったため、播磨《はりま》の国から皇位継承者として探し出されたヲケノ命（のちの顕宗天皇）がオフヲ（大魚）という名の乙女に求婚しようとした時、当時、権勢をふるっていたシビノ臣《おみ》（平群《へぐり》氏）がオフヲの手を取った。そこでヲケノ命はシビノ臣と彼女を争うために、〝歌垣〟に立ちます。するとシビは、

「大宮のあっちのほうで軒の隅が傾いてるぞ」（〝大宮の　彼《をと》つ端手《はたで》　隅傾《すみかたぶ》けり〟）

と、ヲケに歌の下の句を求める。ヲケは、

「大工の腕が悪いからこそ隅が傾くのだ」（〝大匠《おほたくみ》　劣《をぢな》みこそ　隅傾けれ〟）

と、付ける。

ずいぶん子供じみた言い争いに見えますが、シビとヲケは互いに歌で〝闘《たたか》ひ明《あか》して〟家路につきます。明くる朝、ヲケは、

「官僚たちは午前中は朝廷に来て、午後はシビの門に集まっている。今ならまだシビは寝ているだろう。門にも人はいまい。今がチャンスだ」

と、シビを殺してしまいます。

決闘歌合戦が死闘に発展するのです。

〝人嬬ゆゑに〟と詠んだ大海人皇子（天武天皇）と、兄の天智天皇も似たような危険

をはらんでいたのではないか。

『万葉集』と同時期に編まれた藤原氏の家史『藤氏家伝《とうしかでん》』（七六〇～七六二ころ）によれば、六六八年、天智天皇の即位後、酒宴が〝酣《たけなわ》〟になった時、弟の大海人皇子が〝長き槍《ほこ》〟で敷板を刺し貫いたという事件がありました。

驚き怒った天智天皇が大海人皇子を殺そうとすると、大臣の藤原鎌足が固く諫めたため、天皇は殺すのをやめた。それまで鎌足の厚遇に不満を抱いていた大海人皇子は、以来、鎌足を重んじるようになり、壬申《じんしん》の乱の際には「大臣が生きていれば、私はこんなに苦しまずに済んだ」と言った（「鎌足伝」）。

六六九年十月に鎌足が死に、六七一年一月、天智天皇の皇子の大友皇子が太政大臣に、十月に大海人皇子が吉野へこもり、十二月に天智天皇が崩御、六七二年六月に大海人皇子が壬申の乱を起こし、大友皇子は死にます。

大海人皇子が〝人嬬ゆゑに〟の歌を詠んだのは六六八年五月。

天智天皇が大海人皇子を殺そうとしたのと同じ年です。

しかも『藤氏家伝』によると、六四四年、天智天皇（当時は中大兄皇子《なかのおおえのおうじ》）は、結婚が決まっていた蘇我倉山田石川麻呂《そがのくらやまだのいしかわのまろ》の長女を、石川麻呂の異母弟の武蔵に盗まれています。長女はそのまま武蔵と結婚したようですから、彼女と示し合わせてのことだったのでしょう。代わりにその妹が申し出て、中大兄皇子の妻となるものの、武蔵の〝無礼〟を怒った中大兄は、武蔵に〝刑戮《けいりく》〟を加えようとした。それをやはり鎌足が諫めてやめさせた（「鎌足伝」）。

「人妻」が魅惑的に歌われた万葉人の時代、高貴な人々（とくに皇族）にとって、自分の妻や婚約者を取られることは、時に死闘にも発展するほど不名誉なこと、重大なことでした。

一方で、婚約者を盗んだ武蔵は結局、藤原鎌足の進言によって罰せられなかったわけで（のちに別件で左遷《させん》されます）、大伴氏や蘇我氏などの旧勢力と比べると、新興勢力だった鎌足のような臣下、より庶民に近い層では、性の規範意識はゆるいものだったのでしょう。

そして日本では、結局、性に「ゆるい」ほうが、人々に受け入れられます。

法体系から都市計画まで、あらゆるものを中国から取り入れた古代の日本でしたが、結果的に厳しい結婚観は根づかず、地方豪族から天皇に献上される采女《うねめ》と呼ばれる侍女とセックスした者が厳罰に処せられていたのも一時期に過ぎません。

帝王の妻たちが集まる後宮に仕える男は、去勢された「宦官《かんがん》」に限るという中国の制（「チン切り」ですね）は日本には導入されず、平安時代も半ばになると、後宮は公達の集まるサロンと化します。娘を天皇家に入内《じゅだい》させ、生まれた皇子の後見役として勢力を伸ばす「セックス政治」に徹し、「ゆるい」サロンで人心をつかみ、長い歴史を通じて日本で最も栄えた一族こそ、鎌足の子孫たちでした。

第五章　平安古典に見る「正しい正月の過ごし方」
――「睦月《むつき》」と「ヒメ始め」

年々、正月ならではの風情《ふぜい》が薄れていく。

と言った時、どんなことが心に浮かぶでしょう。「凧揚《たこあ》げ、羽根つき、こま回し、福笑い」といった正月につきものの遊びも見られぬようになった、と思うでしょうか。確かにそれも事実ですが、平安時代にさかのぼれば、それらのうちで行われていたものは一つもなく、かろうじて「福笑い」に通じる思想はあったと言える程度です。

では平安時代の正月に欠かせぬものとは何でしょう。

それは「性」です。

平安中期の『蜻蛉日記《かげろうにっき》』（九七四以後）中巻冒頭には、一月一日の朝、作者の藤原道綱母が、女房や姉妹とこんな会話をかわす様が描かれています。

一夫多妻の当時、夫の藤原兼家には妻が複数いて、夫の訪れの少なさを常に嘆いていた作者が、

「私がこんな有様なのは、世間の人がする〝言忌《こといみ》〟（縁起の悪いことばを避けること）などを今までずっとしていないからかしら」

と考えて、女房たちに声を掛けたところ、彼女たちも、

「せめて今年だけでも言忌などしてご夫婦仲を試してみましょう」

と賛同。それを受け、道綱母の姉妹がまだ横になったまま、

〝天地《あめつち》を袋に縫ひて〟

と、おめでたい寿歌《ことほぎうた》を詠《よ》み上げると、道綱母は可笑《おか》しくなって、答えた。

「私としては、〝三十日《みそか》三十夜《みそよ》はわがもとに〟と言いたいわ」

すると女房たちは笑って、

「そうなったらほんとに理想的ですね。どうせならこれをお書きになって〝殿〟（道綱母の夫兼家）に差し上げたらいかがでしょう」

横になっていた姉妹も笑いながら賛成するので、兼家に書いて、息子の道綱に持たせたのでした。

道綱母の発言は当時の人にとってはよほど滑稽《こっけい》に感じられるものだったのでしょう、現代人が読むと、なんでそこまでと疑問なほど、文面には〝笑ひ〟〝笑ふ笑ふ〟といった、姉妹や女房たちの反応が繰り返されています。

それもそのはず、寿歌の全文は、

「天と地を袋に縫い込んで、幸運を入れて持っていれば悩みはない」(〝天地を袋に縫ひて幸ひを入れてもたれば思ふことなし〟)

というもので、道綱母はそれをもじって、

「一月まるまる全部の夜、あの人を私のもとに〝入れて〟持っていれば悩みはない」(〝三十日三十夜はわがもとに入れてもたれば思ふことなし〟)

とやった。つまり「自分の中に夫を入れっぱなしにしておきたい」というわけで、読みようによってはかなり際《きわ》どい意味にも取れる冗談だったからこそ、女たちは身をよじらせて爆笑したのです。

平安時代、年の初めは、こうしたエロい冗談を飛ばし、皆で笑って祝うものでした。

『源氏物語』の「初音《はつね》」巻では、源氏がその邸宅六条院で初春を祝う様が描かれており、これもかなり性的な雰囲気に包まれています。

春夏秋冬をテーマに四つの区画に分かれた六条院。春の町には源氏と正妻格の紫の上が住んでいます。元旦《がんたん》に、その紫の上に仕える女房たちが〝歯固めの祝《いはひ》〟をし、〝餅鏡《もちひかがみ》〟まで取り寄せて〝祝言《いはひごと》〟（めでたいことば）を言ってふざけあっていました。

〝歯固めの祝〟とは正月に大根や瓜《うり》、押鮎《おしあゆ》、猪肉《ししにく》などを食べて長寿を願った行事。〝餅鏡〟とは今の鏡餅のことで、『源氏物語』が文献上、最古の例だと言います（山中裕『平安朝の年中行事』）。

女房たちの〝祝言〟の中身は、日本古典文学全集の校注の推測するように「色恋に関すること」だったのでしょう。そんなふうに羽目を外していたところに、源氏が顔を出したので、女房たちは居住まいを正し、

「ほんとにお恥ずかしいこと」

と困惑します。源氏は、

「みんな実に力強い〝祝言〟をしているね。めいめい願い事は違うんだろう？　少し聞かせてくれよ。私が〝寿詞《ことぶき》〟（ことばに出して祝うこと）をしてあげるから」

などと笑ってその場を和ませ、紫の上のもとへ。そして、

「今朝ここの女房たちがふざけあっていたのがとても羨《うらや》ましく見えたから、あなたには私が餅鏡を見せてあげよう」

と言って、〃乱れたることども〃（みだらなおふざけ）も少し混ぜて、お〃祝ひ〃中された。

そう物語にはあります。

餅鏡を見せるというのは、餅鏡は今の鏡餅と違って「みることに主眼点」（山中氏前掲書）があるからで、餅を見ながら祝い言を唱えたのです。

肝心の祝い言の中身ですが、女房たちが唱えた〃祝言〃同様、源氏の〃祝ひ〃のことばも、〃乱れたることども〃という言い回しからして性的なものに違いありません。

そうした性的なことばが、『蜻蛉日記』からも分かるように、縁起のいい、福を呼ぶタネとされていたのです。ひょっとしたら……源氏は、卑《ひ》猥《わい》な冗談でも言いながら、袴《はかま》の中のモノを、出さないまでも、出すそぶりなどをしたのではないか。

私は、現在の能狂言の元祖といわれる、長野や静岡の山あいに残る「遠山祭」「西《にし》浦《うれ》田楽」（水窪《みさくぼ》の田楽）といった古い祭が好きで、今まで何度も行っているのですが、そうした祭は決まって旧暦の年末年始に行われ、雌雄の猿や翁媼《おきなおうな》などに扮《ふん》した二人が、男性器や女性器をかたどった作り物を腰に付け、互いに腰を振る動作をするといった出し物があります。それによって子孫繁栄や農耕・狩猟での豊作・大猟を祈り、新年の幸福を祝うのです。

性愛は、民俗学的にも深い意義を持っていました。

まして、娘を天皇家に入内《じゅだい》させ、生まれた皇子を帝位につけて、その後見役として母方一族が権勢を握るセックス政治が行われていた平安時代、性愛の価値は、政治的にも限りなく重いものがあります。しかも時は正月なのだから、源氏が羽目を外したおふざけをしたと想像してもあながち的外れとは言えないのではないでしょうか。

元旦の乱れた〝祝言〟から始まった『源氏物語』の「初音」巻は、男踏歌《おとことうか》のシーンで締めくくられます。

踏歌とは集団で地を足で踏んでうたう舞踏で、唐から輸入されたものに、日本ならではの豊年祈願の意義が加味されたもの（山中氏前掲書）。はじめは男女の別がなかったのが、平安時代には男踏歌が正月十四日、女《おんな》踏歌が十六日に行われていました。男踏歌は『源氏物語』ができた一条帝の時代には廃《すた》れていましたが、『源氏物語』の時代設定はそれより前の醍醐帝《だいごてい》から村上帝あたりなので、出てくるのです。『源氏物語』の男踏歌では、催馬楽《さいばら》の「竹河」が歌われます。「竹河」の歌詞はこうです。

「伊勢の斎宮の竹河の橋詰めにあるという花園に私を放ってほしい。少女と一緒に」

（〝竹河の　橋の詰《つめ》なるや　橋の詰なるや　花園に　はれ　花園に　我をば放てや　我をば放てや　少女《めざし》たぐへて〟）

斎宮に仕える少女との禁じられた恋を犯し、追放される男の歌で、それが、踏歌や神事歌謡に組み込まれていったものといいます。男踏歌の一行はこんなエロい歌をうたいながら、一晩中、京を歩き回りました。

この男踏歌の舞人が、〝高巾子《かうこじ》〟という冠をつけた浮世離れした姿で、〝寿詞《ことぶき》の乱りがはしきをこめきたる言《こと》〟（祝い言の、みだらでバカバカしいことばを、もったいぶって言い立てているのはかえって面白味がない、と『源氏物語』は続けます。

この〝寿詞〟は豊年を祈る祝い言のことで、「生殖祈願に通じ」、性的なことばが入ると言います（日本古典文学全集校注）。そんな淫《みだ》らなことばまで仰々しく言い立てているのは可笑しいようでいて、ちっとも面白くないと紫式部は評したわけです。

男踏歌の実態は、私が好きな古い祭に通じるものがあるのではないか。この行事が廃絶したのは費用のほか、「風紀の乱れ」を気にする向きもあったのでは？　という山中氏の指摘（前掲書）を見るにつけても、そんな気がしてなりません。

小正月の性的行事

平安時代に踏歌の行われた正月十四日や十六日というのは、民俗学でいう「小正《こしょう》月《がつ》」の時期に当たります。小正月は、一月一日から七日あたりの大正月に対することばで、

「以前の民間の正月行事では、小正月が元日を中心とした大正月よりも重視されたのではないか」（柳田國男監修『民俗学辞典』）というほど、多数の行事が集中していました。

とくに作物の豊穣《ほうじょう》を祈る呪法《じゅほう》が多く、代表的なのが「成木《なりき》責《ぜ》め」。果樹に対して

「なるかならぬか、ならねば刈るぞ」などと唱え、木の幹に刃物で傷をつけ、その年の豊作を約束させます。

これの人間バージョンが「嫁《よめ》叩《たた》き」「孕《はら》み節供《ぜっく》」などと呼ばれるもので、近世には全国的に行われていました。昭和十四年発行の『歳時習俗語《ご》彙《い》』（柳田國男編）には、

「せよせよチチチ、男ぼんぼ持ちやがれ」

「ヤチヤチヤチ、大なら小なら十三年、めろう産みや踏みつぶせ」

といった脅し混じりの唱え言をしながら、子供らが嫁の尻《しり》を「祝い棒」で叩いたと

あります。こうすれば妊娠するという俗信があったのです（「チチチ」「ヤチヤチヤチ」の意味については不明と言います）。

男を生め、「めろう」（女）なら踏みつぶせ、といったことばが出てくるのは家父長制の時代ならではですが、行事自体の起原は古く、女の地位が高かった平安時代にも、小正月に、粥《かゆ》を炊《た》いた燃え残りの木で女の尻を打つ「粥杖《かゆづえ》」という行事が行われていました。

『枕草子』（一〇〇〇ころ）には、一月十五日、

「貴族の家では粥の木を隠し、年配女房や若い女房が隙《すき》をうかがっているのを、打たれまいと用心して、常に後ろを気にしている様子もとても可笑しい」

「互いに打ち合って、男のことまで打つようだ」（「正月一日は」段）

とあり、平安時代は女どうしで叩くのが基本だったものの、男を叩くこともありました。

『狭衣《さごろも》物語』（一〇七〇ころ）にも正月十五日の粥杖の行事が描かれており、主人公の狭衣大将が、

「皆で私を打つがいい。そうすれば誰も彼も私の子を生むだろう。本当に効き目があるなら、痛くても我慢していよう」（巻四）

と言っていて、女が男の尻を打つと、その男の子供を妊娠すると信じられていたようです。

面白いのは、「嫁叩き」の道具である「祝い棒」の呼び名や形で、『歳時習俗語彙』によれば、普通名詞としては「祝い棒」の呼び名があるものの、平安時代さながら「粥杖」と呼ぶ地方もあり、遠山地方（現在の長野県飯田市）では「御《ご》祝い棒」と呼び、長さが三尺もあって「男のしるしの形」だとも言われている、と。

埼玉県でも「男のしるしに似たものを作って」祝い棒にした地区があり、呼び名も、鹿児島県ではずばり「孕め棒」、行事は「ハラメッキ」と言い、先の尖《とが》らせてある五、六尺もの「孕め棒」で新婚の家の竹垣を打つ。しかも、もとは新婦の尻を打ったといいます。

「粥杖」や「嫁叩き」の目的が「妊娠」であることを思えば、その道具が「男のしるし」つまり男性器の形となるのは自然の成り行きでしょう。

餅を食う意味

年の初めに、つい戦前まで各地の日本人がかくも堂々と大真面目《おおまじめ》に性的な行事を行っていたのは驚きですが、正月に食べる「餅」もひょっとしたら性的な意味があるのでは……と私は考えています。

平安時代、餅が暮らしに出てくる機会は限られていました。『源氏物語』の餅鏡は「餅を見て祈ること」が目的でしたが、歴史物語の『栄花物語』によく出てくる〝戴餅《いただきもちひ》〟の儀は、乳幼児の頭に餅をのせて前途を祝うことが目的です。年頭の祝いに「餅に接すること」で幸運と息災を祈ったのです。餅はそれほどまでに霊力があると考えられていたわけで、柳田國男が、餅は「人間の心臓の形」(『食物と心臓』)をかたどったもので、魂の象徴であるとしたのもうなずけます。

一方、同じ平安時代でも「餅を食べること」に力点が置かれる行事があります。それが、十月の最初の亥《い》の日に食べる〝亥《ゐ》の子餅《こもちひ》〟の行事と、新婚三日目に新郎新婦が食べる〝三日夜《みかよ》の餅《もちひ》〟の儀式です。当時の結婚は男が女の家に通うなり住むなりする「婿取《むこと》り婚」。新郎となる男が、新婦となる女の家に通い始めて三日目、新婦側の親族に紹介される結婚披露の宴の際、新郎新婦に供されるのが〝三日夜の餅〟です。三日夜の餅を食べれば、「はい、これで二人は夫婦ですよ」と、男は逃げられなくなるわけです。

一方、〝亥の子餅〟とは、陰暦十月の最初の亥の日に食べると、万病を防ぎ、子孫繁栄すると考えられている餅。『源氏物語』には、この〝亥の子餅〟と〝三日夜の餅〟

が同時に出てくる箇所があります。

それが紫の上と源氏の結婚シーンです。

紫の上は十歳の時、拉致《らち》同然に源氏の屋敷に連れて来られ、十四歳の時に、無理やり犯される形で源氏と結ばれます（当時の女は生理がくれば成人＝結婚可能だった）。

〝男君はとく起きたまひて、女君はさらに起きたまはぬ朝《あした》あり〟（「葵《あおい》」巻）

という有名な一文で表される箇所です。

紫の上は「こんな人を今まで信じていたとは」と大きなショックを受けるものの、源氏は「これで彼女と夫婦になった」という認識でした。そんな両者の温度差も『源氏物語』にはきちっと描かれています。そして二人の結婚二日目に当たる夜が亥の子餅を食べる夜に当たっていて、召使が〝亥の子餅〟を用意していた。それを見た源氏は乳母子《めのとご》の惟光《これみつ》を呼び出して、ほほ笑みながら命じるのです。

「この餅をこんなにたくさん大袈裟《おおげさ》でなくていいから、明日の暮れに用意してくれ」

これを受けた惟光は勘の鋭い男だったので、すぐその意を察し、

「〝子《ね》の子《こ》〟はいくつご用意しましょう」

と、お伺いを立てる。十二支の「亥《ゐ》」の次は「子《ね》」で、〝亥の日〟の次は〝子の日〟になるので、亥の子餅を食べる行事のその日、

「結婚『三日目』に当たる明日の『子の子餅』は、どうすればいいんですかね？」

としゃれたわけです。〝三日夜の餅〟は普通は妻側で用意するものの、紫の上には母も母方祖母もなく、父は正妻のもとに住んでいて頼みにならない、つまり強い実家がないために、例外的に夫の源氏が気を回したのでした。

新婚夫婦が〝三日夜の餅〟を食べる習慣は、婿取り婚から嫁取り婚に変わる過程で消えていき、唯一《ゆいいつ》「宮中のご婚儀に残っている」（中村義雄『王朝の風俗と文学』）ばかりですが、〝亥の子餅〟を食べる習慣は昭和に入っても残っていました。昭和三十年に刊行された柳田國男の『年中行事覚書』によると、十月の亥の日の晩、多くの地方で、「亥の子と称して新藁《しんわら》で太い苞《つと》を巻き立て、地面を打ってまはる遊びがあつた」、これは「土地の力を強くする呪法」と考えられ、地方によっては子供らが、「亥の子餅くれんこ、くれん屋のかゝは、鬼うめ蛇生め、角の生えた子を産め」（原文ママ）などと歌ったといいます。

亥の子餅をくれない家の奥さんは、鬼や蛇や角の生えた子を生んじゃえ！　という恐ろしい脅し文句です。小正月の「嫁叩き」や「孕み節供」にも似ているし、やはり十月に行われるハロウィーンで子供が〝trick or treat〟（お菓子をくれなきゃいたずらするぞ）と家々を回るのとも似ています。お菓子も亥の子餅ももとは、そうして脅してまでも得なくてはならない大事な意味があったのだ……と考えた時、柳田國男の「餅＝魂」という説が思い出されます。

〝三日夜の餅〟の起原は不明です。

しかし昔の人は、魂の象徴である餅を食べることによって、魂が強化されると考えていたといいます。

であれば、〝三日夜の餅〟を新婚夫婦が食べるというのは、魂の象徴である餅を共に食べることにより、互いの心身の一部が交換され、混ざり合い、子孫繁栄が果たされると考えてのことではないか。要するに「餅を食う」ことイコール「セックス」だと昔の人は見なしていた

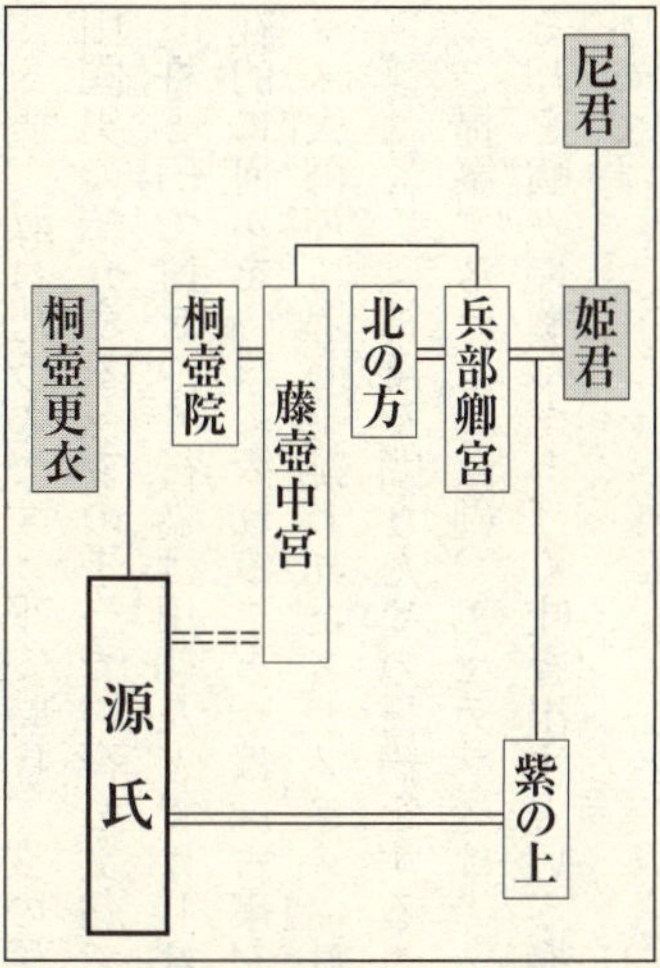

『源氏物語』「葵」巻時点
故人　══ 結婚関係　＝＝ 結婚なしの性関係

……と、私は思うのです。平安時代、亥の子餅を食う効能は「子孫繁栄」ですし、柳田國男の紹介する「亥の子」での脅し文句でも「産め」と繰り返されていました。杵《きね》と臼《うす》で餅をつく行為は川柳などではしばしばセックスを意味します。そもそも儀礼的に何かを「口に入れること」は『古事記』の昔からセックスの象徴です。アマテラス大御神《おおみかみ》に邪心を疑われたスサノヲノ命《みこと》は、身の潔白を証明するために、「〝うけひ〟（神意を問うための誓約をすること）をして子を作ろう」と提案、スサノヲは剣、アマテラスはアクセサリーといった互いの持ち物を交換し、それを嚙《か》みに嚙んだあげく吐き出すという擬似セックスによって男女神を生み出したものです。

性と笑い

「性」と並んで正月にゆかりの深い「笑い」、この笑いがまた性と切っても切れない関係にあります。

そのことを最も如実《にょじつ》に教えてくれるのは、有名な天《あま》の岩屋戸《いわやと》神話です。『古事記』によれば、アマテラス大御神は、弟スサノヲノ命の暴虐《ぼうぎゃく》によるショックで、天の岩屋の戸を閉ざし、中にこもってしまいます。太陽神のアマテラスが消えたため、世界は真っ暗闇《くらやみ》になり、災いで充満してしまいます。そこで八百万《やおよろず》の神々が相談の結果、アメノウズメノ命が岩屋の前に桶《おけ》を伏せ、そこに乗り、〝胸乳《むなち》〟を出し、裳《も》の紐《ひも》をほどいて〝ほと〟のあたりまで垂らして、つまり女性器を出して踊るのです。

その時、八百万の神は打ち合わせ通り一斉に〝咲《わら》〟ったので、怪しんだアマテラスがそっと岩屋の戸を開けた。そこへ、あらかじめ準備していた〝鏡〟を差し出し、アマテラスがますます怪しんで少し出てきたところを怪力の神がその手をつかんで引き出したため、世界に光が戻ったというわけです。

女性器の露出で神を笑わせ、なだめるというのはエジプト神話にも見られることで、ふさぎ込んだ太陽神のラーを励まそうと、愛と喜びの女神ハトホルが、自分の陰部を広げて見せたところ、ラーは笑ってたちまち機嫌が直ったといいます。

ギリシア神話でも、アッティカのエレウシスの伝承では、大地の女神デメテルが弟の男神から理不尽な目にあわされた怒りで身を隠すと、世界は困窮状態に陥ります。その時、バウボという女が女神の前で女性器を露出して見せると、思わず笑った女神は食べ物を口にし、世界に平穏が戻りました（吉田敦彦『世界の始まりの物語』など）。

古代には日本に限らず、女性器信仰というべきものがあって、性と笑いが結びついていたことが分かります。

日本の特徴は、こうした神話が、天皇の勅命により編まれた官撰《かんせん》の歴史書に堂々と記されていることで、平安時代に至っても『蜻蛉日記』や『源氏物語』に見られるように一年の初めにエロい冗談を言って笑うことによって豊穣や夫婦和合を祈っているわけです。

正月の「福笑い」はもちろん、新年最初のセックスのことを「ヒメ始め」と呼んで特別視する姿勢はこうした日本の伝統の名残と言えます。『源氏物語』の「初音」の巻名からして、「初寝」＝「ヒメ始め」と響きあっていて、元日早々、源氏は正妻格の紫の上ではなく、明石の君のもとに泊まったために、紫の上の機嫌を損ねたりする様も描かれています。

一月を「睦月」と呼ぶのも、男と女がむつみ合う月だからでしょう。

エロいジョークで笑いまくって、セックスに励み、餅を食い、一年の幸を祈る。それが由緒《ゆいしょ》正しい日本の正月のあり方なのです。

第六章　なぜ日本のお坊さんには妻子がいるのか

――「日本化」して性にゆるくなった仏教

韓国やベトナム、タイといった国の人々が日本に来て仰天するのは、お坊さんが当たり前のように妻や子を持っていることだそうです。確かにこれはおかしな話で、仏教では愛欲は絶つべきものとされているはずです。しかも前近代の日本の大寺院では、稚児《ちご》と呼ばれる少年を置き、男色が公然と行われていました。女と交わる「女犯《にょぼん》」の罪を避けるためという名目ですが、それとて釈迦《しゃか》が認めたわけではなく、日本の僧侶《そうりょ》が始めた慣行です。伝説によると、平安初期、空海が中国から持ち込んだといわれますが、その当時の中国の寺院で男性同性愛が広まっていたという証拠は存在していません（ゲイリー・P・リュープ『男色の日本史』）。

トドメは明治五（一八七二）年、「肉食妻帯勝手タルベシ」という政府の通達により、お坊さんが妻子を持つのが公的に許されてしまいます。「僧侶でも結婚していいし肉も食べていいよ」と国を挙げて認めてしまう。それればかりか、この通達の前から、浄土真宗では、開祖の親鸞《しんらん》が妻子をもっていたことから妻帯が許され、公《おおやけ》にも認められていました。

そんな浄土真宗が何の非難も受けなかったかというとそうではなく、誕生当時の鎌倉時代には旧仏教から邪教とおとしめられていたし、巨大教団に成長した江戸時代には、

〝仏法の道をことごとく失ひ果てしもの〟（『世事見聞録《せじけんぶんろく》』）

と非難されています。

『世事見聞録』は文化十三（一八一六）年、武陽隠士《ぶよういんし》と名乗る人物が、武士から被差別民に至るまで、全七巻にわたって日本国民をこき下ろした毒舌本的随筆で、とりわけ槍玉《やりだま》に挙げられているのが、〝本願寺宗〟（浄土真宗）と〝売女《ばいた》〟（娼婦《しょうふ》）です。

〝売女〟に関しては、憎むべきは売女でなく、売女でもうける業者であるといい、一部の金持ちが富を吸い上げる〝貧福偏《かたよ》り〟、つまり経済格差が招いたひずみであると武陽隠士は分析。売女業のために不忠者・不孝者・病人が増えることを思うと、〝国家に災害を起す最第一なるもの〟と批判します。武陽隠士によれば、この売女業と並

ぶ悪が〝本願寺宗〟で、禁戒である〝女犯・酒食〟を堂々と行い、寺に生まれた子が〝学問修行もせず、世の難渋も知らず〟寺を継ぎ、人々に〝御本寺・御門跡〟と崇《あが》められ、民の財を吸い取っている。

〝誠に民を貪《むさぼ》る事の甚だしき宗門なり〟

〝本願寺宗の作法とこの売女は、世に二つの大逆道なり〟

というのです。

出家後はいかなる〝好色〟もOK

が、そもそも日本の仏教が性にゆるいのは、『世事見聞録』も〝当世仏道はみな欲情の事に陥り〟と認めているように浄土真宗に限った話ではないし、江戸時代に始まったことではありません。

平安中期、三善清行が醍醐帝《だいごてい》に奏上した『意見十二箇条』(九一四)によれば、出家者の半分以上は〝邪濫《じゃらん》の輩《ともがら》〟(邪悪で乱れた奴《やつ》ら)で、〝天下の人民〟のうち三分の二は税金逃れのための偽坊主《にせぼうず》。皆、〝妻子を蓄へ〟、生臭い肉を食らっていたといいます。人民の三分の二が偽坊主とは大袈裟《おおげさ》にしても、それだけ生臭坊主が多かったのでしょう。

出家に対する人々の認識も甘いというか、現代人から見ると信じられないような感覚です。一条帝の中宮（皇后）定子は出家後もミカドに愛され、三人の皇子女を生んでいますし、鎌倉時代の女房の日記『とはずがたり』（一三一三以前）巻一には、後深草院に仕える女房であり、寵《ちょう》を受けた作者の二条に、父が残したこんな遺言が綴《つづ》られています。

「男女のことについては前世からの宿縁があるのでどうしようもない。しかし髪をつけたまま色好みの評判を我が家に残すようなことは返す返すも情けないに違いない。ただし出家後は、どんなことをしても差し支えない」（〝夫妻《ふさい》のことにおきては、この世のみならぬことなれば、力なし。それも、髪をつけて好色の家に名を残しなどせむことは、かへすがへす憂《う》かるべし。ただ世を捨てて後は、いかなるわざも苦しからぬことなり〟）

出家前は家名を汚すような色恋のスキャンダルは起こしてくれるな、しかし出家後は家名を背負わなくていいわけだからどんなスキャンダルもお構いなしだというのです。

当時の上流階級の出家観がうかがえるエピソードで、その後、二条は、後深草院（彼の初体験の相手は二条の母でした）のほか、恋人や、院の弟の亀山院《かめやまいん》、本文では

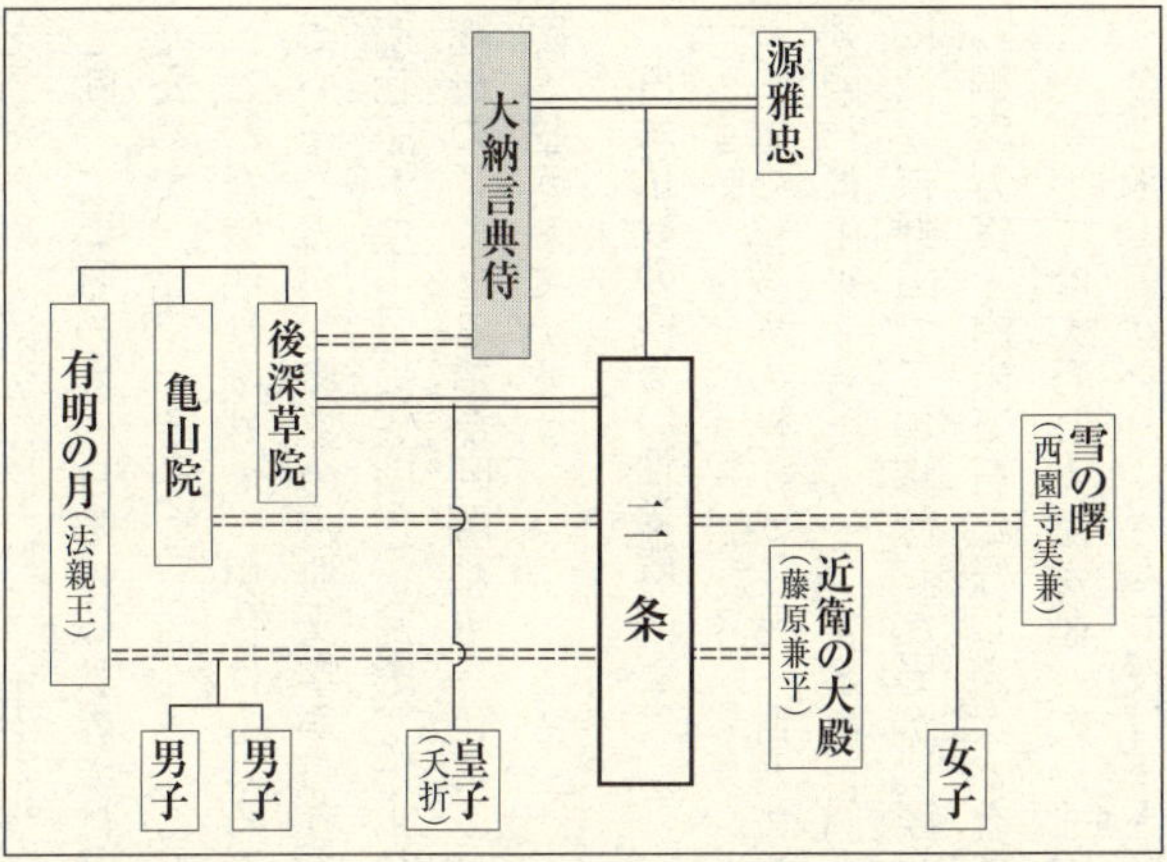

『とはずがたり』　故人　═ 結婚関係　=== 結婚なしの性関係

〝有明の月〟と呼ばれる院の異母弟とおぼしき高貴な僧侶（法親王《ほっしんのう》）とも関係し、院や恋人の子だけでなく、この法親王の子も二度にわたって生んだことが綴られます。しかも法親王との関係は院の容認するところで、院は、宇多上皇妃が老僧の恋に応《こた》えてやった昔の例を挙げ、二人の仲を取り持つことさえしています。

　また、鎌倉時代の『古事談』（一二一二～一二一五ころ）巻第三には、平安中期の仁海僧正と〝密通〟した女房が妊娠して男児を生むものの、密通が露顕することを恐れ、〝水銀〟を我が子にのませた記述もあります。幸い嬰児《えいじ》は死なずに、長じて高僧となるものの、水銀の副作用で〝其《そ》の陰全からず〟（性器が未発達）

だったため、〃男女において一生不犯の人〃となりました。〃男女において〃とわざわざ断っているのは、日本の仏教界では通常、女の代わりに稚児との男色行為をしていたためで、「男とも女とも一生セックスしなかった」というわけです。

こんな僧侶は例外で、男色はもちろん、女色に関しても何かと理屈をつけて行われていたことが、多くの古典文学からうかがえます。同じく鎌倉時代の説話集『宇治拾遺物語』（十三世紀前半）巻第一によれば、『蜻蛉日記』（九七四以後）の作者藤原道綱母の孫である道命阿《どうみょうあ》闍梨《じゃり》も〃色にふけりたる僧〃であったといい、和泉式部との交際が描かれています。

日本仏教のゆるい性愛観

日本の仏教界の性がかくも「乱れていた」のは、日本の仏教自体がもつ「ゆるい性愛観」に由来するようで、日本最古の仏教説話集『日本霊異記《にほんりょういき》』（八二二ころ）上巻には、吉野山で三年修行した男が、観音に、

〃銅銭万貫と白米万石と好《うるは》しき女《をみな》とを多《さは》に徳施したまへ〃

と祈って叶《かな》えられた話が載っています。

「金と米と美女をたくさんお授け下さい」

という願いが聞き届けられたわけで、

〝是《こ》れ乃《すなは》ち修行の験力《げんりき》にして、観音の威徳なり〟

と、作者は仏教の力、観音の功徳《くどく》を強調。欲望全肯定の姿勢を見せています。

平安後期の『今昔物語集』（一一三〇前後）には、新羅《しらぎ》国王の后《きさき》が密通し、それが王の耳に達したために髪に縄をつけられ、吊《つ》るされるという罰を受けるものの、日本の長谷《はせ》観音に祈ったところ、罰の苦痛がやわらいだ上、許されたという説話もあります（巻第十六第十九）。

性に厳しい外国人まで、ゆるい性観念によって救ってしまう。日本の仏教は積極的にセックスオッケー、不倫もオッケーな姿勢を見せていたのです。

なぜ日本の仏教はこんなにも性に寛容なのか。

その背景には、日本人のもつゆるい性観念、性愛全般を良いものとして肯定する精神というものがあります。

古代の日本人は夫婦和合を宗《むね》とし、子孫繁栄や農耕・狩猟での繁盛《はんじょう》に通じるものとして性愛を重んじていました。古代日本のセックス・タブーといえば同母きょうだいや親子間、

〝馬婚《うまくなぎ》・牛婚・鶏婚・犬婚〟（『古事記』中巻。〝婚〟を「たはけ」とよむ本も）

といった獣姦《じゅうかん》くらいなもの。

中国の律令が導入された飛鳥時代あたりは人妻不倫が罪として浮上するものの、奈良時代の『万葉集』ではそれが歌の題材として官能的にうたわれるようになりますし、平安時代には、『源氏物語』(一〇〇八ころ)の主人公の源氏の正妻を犯した柏木が、

〝深き過《あやま》ちもなきに〟(さほど深い過ちを犯したわけでもないのに)(「柏木」巻)

などと思ったりする程度のことでした。

こうしたゆるい性観念の根底には母系的な社会……母から娘へ家・土地が受け継がれるため、大事なのは「どの母の子であるか」で、父が誰かは大した問題ではなかった社会……というのがあったわけですが。

武士の時代になって、父から息子へ財産が受け継がれる父系的な社会になり、女の貞操が重んじられるようになっても、貴族や町人の性観念はゆるいものだったし、江戸時代も半ばを過ぎ、平和な時代が続くと、武家の性観念さえゆるくなっていたことは先の『世事見聞録』を見ても分かります。

『世事見聞録』によれば、江戸後期には、

〝武家にて不義密通のこと珍しからず〟

という状態になっていた上、かつて武家屋敷では使用人どうしが主人の許可なく男

女の仲になるのを〝密通〟といって禁じ、男女とも打ち捨てるなどの厳罰に処していたものが、

「だんだんと罰しないようになって、首代わりに罰金を取ったり、給金から差し引いたりして武家奉公をやめさせるなどしていた。それが今はさらにゆるくなって、奉公をやめさせることもまれになり、罰金も取らぬようになった」

私に言わせれば、使用人が男女の仲になったくらいで罰せられるような江戸の一時期の武家社会こそ、日本の長い歴史からみると異常なのであって、平安時代の天皇の後宮には、妃《きさき》たちに仕える選りすぐりの女房目当てに公達《きんだち》が集まり、一大恋愛サロンを形成していたものです。日本人は放っておくと、性にゆるいほうへゆるいほうへといく性質があるのです。

日本にくるとゆるくなる性規制

そんな日本人ですから、仏教に限らずキリスト教にしても、日本にくると性愛に関して都合のいい解釈をされているふしがあります。

日本にキリスト教が入ってきたころ、日本のキリスト教信徒向けに出版された『どちりなきりしたん』（一六〇〇）という本には、師と弟子のQ&A方式で教義が分か

りやすく書かれているのですが、秘蹟《ひせき》を授けられる際、守るべき七つの決まりのうち、七番目の「まちりもうによ」（婚姻）の秘蹟の「ひとたび結婚したら離婚してはいけない」という決まりに対してだけ、弟子が、

〝是《これ》あまりにきびしき御定也《さだめなり》〟

と激しく反発しているのです。

「なぜ離婚してはいけないのか」と繰り返される弟子の問いに、師は、離婚すると病気や困った時頼る者がいないし、子供がつらい目を見る等々と説きますが、弟子は納得しません。

「生まれつき性質の悪い相手の場合はどうすればいいのか」

と詰め寄って、

「教会の定めに任せて仲を裂くことも可能。ただし再婚は相手に〝たぼん〟（他人との性交渉）の機会を与えるので不可」

という答を引き出しています。

前近代の日本の離婚率が高かったのは有名な話で、江戸時代の「大名百家・旗本百家を分析した浅倉有子氏の研究」によると、全体の離婚率は一一・二三％、再婚率も五八・六五％でした（高木侃『三《み》くだり半と縁切寺』）。

庶民の実態は不明ですが、『どちりなきりしたん』の弟子の執拗《しつよう》な抵抗にはこうした背景があったのです。

日本での受容の歴史という点では、キリスト教と比べものにならないほど長い仏教において、性愛面で日本向けに都合のいい解釈がどんなにたくさん行われてきたか、想像に難くありません。

その最たるものが平安文学に頻繁に出てくる「宿世《すくせ》」ということばです。

これは元来は前世に決められた運命といった意味ですが、平安文学ではほぼすべてが、

「男女のことは前世から決められた宿世だから何があっても致し方ない」

という性愛関係の文脈で出てきます。

『源氏物語』で源氏が父帝の正妃藤壺《ふじつぼ》を犯すのも宿世。

藤壺が源氏の子を妊娠したのも宿世。

性愛観念のゆるい平安貴族にとっても「さすがにまずい」と思えるような性愛関係もすべては「宿世」の一言で許され、肯定されるのです。

『とはずがたり』の作者の父が、〝夫妻のことにおきては、この世のみならぬことなれば、力なし〟と言っていたのもこの思想がベースになっています。男女関係は、前

世で定められているので、じたばたしてもどうにもならない。仕方ないというわけで、この思考回路ゆえにあらゆる不倫は許されてしまう仕組みです。

日本人向けにエロくアレンジ

同じ仏教説話でも日本にくるとエロいアレンジをされてしまうこともあります。

全三十一巻（三巻は欠巻）千話以上の説話中、三分の二が仏教説話で占められる『今昔物語集』の巻第六第六は、三蔵法師が天竺《てんじく》に渡って般若心経《はんにゃしんぎょう》を持ち帰った話で、この尊いお経を彼が得たきっかけは、山中に行き倒れていた病人を救ったことです。病人は、頭から足の裏までびっしりと〝瘡《かさ》の病〟に冒され、悪臭を放つ〝女人〟でした。彼女が言うには、はじめは家で治療しようとしたものの、あまりの臭さにこうして深い山に捨てられてしまった。

「ただ、医師が言うには」と女人は付け加えます。

「首から足の裏に至るまで、〝膿汁《うみしる》を吸ひ舐《ねぶ》れらば〟すぐに治る」

「けれど、あまりの臭さに近づく人もいないのに、まして吸ったり舐《な》めたりできる人などいないのです」

女人が言うと、哀れんだ三蔵法師は意を決し、

「病人の胸のあたりをまず〝舐り給《たま》ふ〟」

気絶しそうな激臭を我慢して、膿汁を吸い舐めては吐き出し、

「頸《くび》の下から腰のあたりまで〝舐り下《おろ》し給ふ〟」

すると、〝舌の跡〟に沿って、でき物だらけの肌が綺麗《きれい》な肌に生まれ変わり、女人は観音様になって、三蔵法師にお経を授けたのでした。

この話の出典は中国の『神僧伝』という本ですが、原文に当たると、そこには「膿を吸う」という行為も〝女人〟も存在しません。でき物におおわれた膿血まみれの〝一老僧〟を、三蔵法師が拝んだところ、お経を〝口授〟してくれたとあるだけです(巻六)。

それが日本の『今昔物語集』にかかると、三蔵法師という高僧が〝女人〟のカラダを上から下まで吸い舐める話になってしまう。

出典のある話さえこんなふうに変えてしまうのですから、まして「出典未詳」つまり『今昔物語集』オリジナルと思《おぼ》しき話の中には、なぜここまでエログロな必要が？と不審なものも少なくありません。

その一つが巻第二十第十で、陽成院の御代《みよ》に、道範《みちのり》という滝口(宮中警護の武士)が公用で信濃国《しなののくに》の郡司(地方官)の家で宿を取った際、郡司の二十歳くらいの美しい

妻に、誘われるようにして同衾《どうきん》します。ところが彼女の懐《ふところ》に入ったところ、〝閇《まら》〟（男根）が〝痒《かゆ》〟い。見ると、

〝毛許《ばかり》有て、閇失《うせ》にたり〟

あるのは陰毛ばかりで、閇が消えてしまったのです。

道範が閇を探して焦《あせ》る様子を見て、女は少し頰笑んでいる。合点のゆかぬ道範が親しい召使を呼んで、

「あそこにいい女がいる。私も行ったんだ。遠慮はいらぬ。お前も行け」

と行かせると、召使はしばらくしてやはり合点のゆかぬ面持ちで戻ってきました。同じように七、八人の召使を女のもとへ行かせたところ、皆が皆、同じ様子で帰ってきます。

奇怪に思った道範が、夜明けと共に逃げるようにそこを発《た》つと、しばらくして後ろから郡司の使いが馬で追って来て、

「こんな物をどうして棄《す》ててお出かけですか」

と、包みを手渡されました。開くと、

〝松茸《まつたけ》を裹集《つつみあつめ》たる如《ごと》くにして、男の閇九つ有り〟

そこにはなくした九人分の閇が入っているではありませんか。皆で近寄って見ると、

九つの閇は一度に消え失せ、めいめいの体に戻ったのでした。

実はこれは、郡司が若いころ、老郡司から習い覚えた術によるものでした。道範が
「この術を会得《えとく》したい」と懇願すると、

「これは簡単に習得できることではありませぬ。七日間、堅く精進して、毎日水を浴び、十分に身を清めてから習うことなので、明日から精進をお始めなされ」

と、郡司。

かくして七日目の夜明け前ころに、郡司と道範は二人きりで深山に入ります。そして、大きな川の流れるほとりに行くと、

「永遠に〝三宝〟（仏・法・僧）を信じません」

という誓いを立て、いよいよ術の伝授となるのですが、勇気の足りない道範は閇を消す術は会得できず、沓《くつ》を子犬に変えたり、古い藁沓《わらぐつ》を大きな鯉《こい》に変えるといった術だけを会得するにとどまった。ラストは、

「〝仏道〟を棄て〝魔界〟に赴くような真似《まね》は絶対にしてはいけない」

と、仏教的な教訓で締めくくられていることから仏教説話と分かるのですが……単に面白おかしいエロネタを語りたかっただけなのでは？　と感じるのは私だけでしょうか。

先に挙げた『日本霊異記』といい、『今昔物語集』のタネ本として有名な『大日本《だいにほん》国法華経験記《こくほけきょうげんき》』といい、日本の仏教説話集はエロ話の宝庫です。日本人にはエロが受ける、日本人を釣るにはエロが一番、と作者や編者が認識していて、エロ話で信者集めをはかっていたとしか思えません。

「日本化」してエロくなる

仏教は日本にきてゆるくなる。

これは専門家も認めるところで、比較宗教学者の中村生雄は『肉食妻帯考』で、肉食と妻帯を公認している日本仏教の特殊性を「仏教の日本化」と呼んでいます。中村氏によれば、日本仏教のゆるさはその出発が「国家仏教」であったことと関係している。仏教ははなから国家という世俗に管理されていたため、「世俗化」を免れなかったというわけです。

中村氏はこのことをさらに日本人論と結びつけ、日本人は「現世主義的な性格、世俗社会を重視する」傾向が強く、

「道元禅師に代表されるような禁欲的な性格よりも、むしろ空海に代表されるような人間の欲望を最終的にすべて肯定する、受け入れるというふうな欲望肯定の思想とい

ったものが日本人の多くにはより馴染《なじ》みやすい思想」であったため、そうした欲望肯定的な宗派の代表である浄土真宗が最大勢力となり、明治五年の「肉食妻帯勝手タルベシ」という政府の通達が、浄土真宗以外のすべての仏教教団にも受け入れられた、と見ています。浄土真宗は「日本化」した仏教の象徴であって、そこには日本人的なものが凝縮されているわけです。

中村氏の指摘で一つ興味深いのは、今の日本の仏教界が欲望肯定的とはいっても、あくまで「男性中心主義」であるというものです。明治五年の太政官布告では僧の「妻帯」は認められても、尼が夫を持つことは翌年、後付け的に認められたに過ぎず、現実には尼の結婚が実行されることはありませんでした。世間では僧が妻帯しても僧と認めるが、尼が夫をもつと尼と見なされなくなるから、というのです。

言われてみれば「妻帯」ということばも男性目線です。

けれど、中村氏も指摘するように、これは日本仏教が本来もっていた性質ではありません。

日本初の出家者は渡来系の女三人ですし（『日本書紀』巻第二十）、尼の結婚ということで言えば、平安時代の『日本霊異記』や『今昔物語集』、鎌倉時代の『古今著聞《ここんちょもん》集《じゅう》』（一二五四）や『沙石集《しゃせきしゅう》』（一二八三）といった説話集には尼と僧の夫婦の話が数え切れないほどあります。室町末期から江戸初期にかけて成立した御伽草子《おとぎぞうし》の『おようの尼』も老尼《ろうに》と老僧の結婚話です。

それが江戸時代から明治時代にかけて、仏教の性に関する男性中心主義が急速に進み、いまだに尾を引いている。

これは仏教界だけの問題ではなく、わいせつの観念にしても、男性向けに女性器を模したオナホールの類《たぐい》がネットで堂々と売られる一方で、女が自らの性器をかたどった作品を店舗で展示しただけで、「わいせつ物陳列」の疑いをかけられ、作者のろくでなし子と店のオーナーである北原みのりが逮捕されるということが二〇一四年の末にありました。

テレビでも、「まんこ」はNGなのに、「ちんこ」「ちんちん」はオッケーです。男性器の異名がわいせつと見なされないのは、それが男の体の一部だからで、男から見ればわいせつでも何でもないから、なのでしょう。そして女性器は男から見るとわいせつゆえに、その異名である「まんこ」はNGなのでしょう。

男に甘く女に厳しいエロ観念は、日本の長い歴史からいえば伝統を踏み外した形でもあり、嘆かわしいものがあります。

第七章　あいまいな性の世界がもたらすエロス――日本の同性愛

日本は同性愛者にとって暮らしにくいのか

二〇一四年に発表されたアメリカはギャラップ社の「同性愛者が暮らしやすい国」調査によると、日本は百二十三の国と地域のうち五十位という結果が出ています。

男色話にあふれた日本の古典文学をいつも読んでいる私としては、低い順位だなというのが最初の印象でした。

周知のように、日本の仏教界では、平安初期の昔から女犯《にょぼん》の罪を避けるため稚児《ちご》との男色が公認されていたし、平安末期の上流貴族が中・下流貴族と関係することで結束を強めていたことは五味文彦も指摘しています（『院政期社会の研究』）。

江戸時代には、葭町《よしちょう》（芳町）をはじめ、男娼《だんしょう》の集まる町が多数ありました。

そこでは、男性同性愛者だけでなく、異性愛（両性愛）の男や、女も、男を買っていた。

井原西鶴の『好色一代男』（一六八二）の主人公が、五十四年間に関係した相手は女三千七百四十二人、少年七百二十五人という設定で、日本では、こと男に関しては「両性愛」であることが「色好み」の条件とも言え、平安末期の多くの皇族貴族たちも妻や女の愛人がいながら、男の愛人もいたのです。

先の調査でのアメリカの順位は十位ですが、実際にアメリカで暮らしたり、比較する機会のあった周囲の人たちに聞くと、日本は「同性愛的なもの」に対して、少なくともアメリカよりは寛容に感じるという点で一致していました。

評論や小説などの著作が多数あり、男性同性愛者であることをカミングアウトしている伏見憲明さん（友人・知人は「さん」付けしています。以下同）は、日本社会では「同性愛者や女装者は欧米ほどには露骨な反発もなく受容されてきた」と言い、「そもそもこの国の性愛には、『源氏物語』をあげるまでもなく、倫理には回収されえない土壌があった」としています（「朝日新聞」二〇一二年三月二十五日付朝刊）。

また、『古代マヤ・アステカ不可思議大全』などの著書のある芝崎みゆきさんは三十年近く前、アメリカの片田舎の高校に留学していたころ、

「日本の女子高生のノリで、同級生の女の子のことを好き好き言ってたら、ゲイ（この場合、女性同性愛者）と勘違いされて、カウンセリングにかかるよう言われた」

と話していました。

ゲイだからといってカウンセリングを受けろということ自体おかしな話で、芝崎さんによると、

「ゲイは病気だから治せって発想だった」

といいます。

アメリカでも都会は同性婚や、養子をとることも認められていて、そこへ行けばゲイは暮らしやすいでしょう。しかしアメリカの大半を占める田舎は、今も芝崎さんがいた三十年近く前と似たようなものとも聞きます。

一九九四年まで三十五年間、アメリカで暮らしていた比較文学者のムルハーン千栄子さんも、

「アメリカはとにかくカップル文化で、ボーイフレンドがいないとおかしいんじゃないかと心配されちゃう。だからデートするふりして図書館に行ったりもした」

的なことをおっしゃっていた。

アメリカやヨーロッパが同性愛者に住みやすい社会をことさら目指すのは、同性愛

者に対する長い弾圧の歴史があるからで、その背景にはキリスト教が存在します。日本で、女どうし、男どうし、旅をしたり食事をしたり、酒を飲んだりというのがごく自然に行われ、奇異な目を向けられないのも、キリスト教圏にありがちな異性愛至上主義、生殖につながらない性愛を「不自然なもの」とする意識が薄いということが一つあるでしょう。

それに加え、『古事記』（七一二）や『源氏物語』（一〇〇八ころ）以来の「あいまいな性の世界」とでも言うべきものが「今も」尾を引いているからではないか。「今も」というのは、西欧でもキリスト教が普及する以前は、両性具有の神が崇《あが》められるなど、「あいまいな性」に対する寛容さがあったものの、キリスト教の受容以降は同性愛が罪と見なされると共にそうした「あいまいな性」への寛容さも失われた、という歴史があるからです。

もちろん統計によれば日本の同性愛者はアメリカやヨーロッパの多くの国より「暮らしにくい」わけで、かつての日本で男色が認められていたと言っても、その大半が女色も嗜《たしな》む「両性愛」であり、年長の男が年下の少年を犯す児童性愛的な要素が強かったことを思えば、今の男性同性愛とは同列に論じることができない上（日本の男色については第十一章を）、女性同性愛の視点が古典文学にはほとんど抜け落ちていることを思うと（女性同性愛についてはコラム4を）、ひょっとして日本は昔から、今でいう「同性愛者」には暮らしにくい国だったのかもしれない……という思いも湧《わ》いてきます。

しかし、アメリカのように「私は異性愛です」「私は同性愛です」はたまた「私はバイセクシャルです」と自分の嗜好《しこう》を鮮明にすることなく、気分によって相手によって、異性愛者になったり同性愛者になったり、あいまいな立ち位置のままで性を楽しめる心地よさはあると思うのです。

そもそも日本では、「同性愛」と「同性どうしつるんだり仲良くする、同性愛的なこと」の区別自体、昔から「あいまいだった」と思えるふしもあります。

白洲正子も『両性具有の美』で取り上げていますが、『源氏物語』には、

〃女にて見む〃

という言い回しがあり、主人公の源氏が十八歳の時、兵部卿宮《ひょうぶきょうのみや》を見て思っている。

〃女にて見むはをかしかりぬべく〃（この宮を女にしてつきあったらさぞ面白いだろう）

一方の兵部卿宮も、ふだんより打ち解けた源氏を前に、〃色めきたる御心〃（好色なご性格）としては、

〝女にて見ばや〟(女にしてつきあってみたいものだな)と感じます(「紅葉賀《もみじのが》」巻)。

貴婦人が夫や親兄弟以外の男に姿を見せなかった平安時代、女を〝見る〟とはつまり結婚する、セックスするということ。

この好色な二人の男は、互いに互いを「女にしてつきあってみたい」と、好色な心で見ていたわけです。

〝女にて見む〟ということば

〝女にて見む〟の意味については、このように「相手を女にしてセックスしたい」という解釈が通説ですが、「自分が女になってセックスしたい」と解釈する説もあります。

いずれにしても、ここには異性愛とも同性愛とも分けがたい微妙な情愛が漂っている。

「こいつを女にしてセックスできたらどんなに燃えるか」

あるいは、

「俺が女になって、こいつとセックスできたらどんなに気持ちいいだろう」

という、同性でありながら、異性目線で相手をとらえ、快楽の極みを味わいたいという欲望が潜んでいます。

と言うと、結局は異性愛なのかと思われるかもしれませんが、そうもきっぱり割り切れないのが平安文学の奥深さで、『源氏物語』では、手に入らぬ女の代わりに、その兄弟や夫の顔を見《め》たり、母親の身分が劣る〝劣り腹〟の姉妹を愛人にしたりするだけでなく、兄弟をも愛でたり同衾《どうきん》したりといったことが行われます。

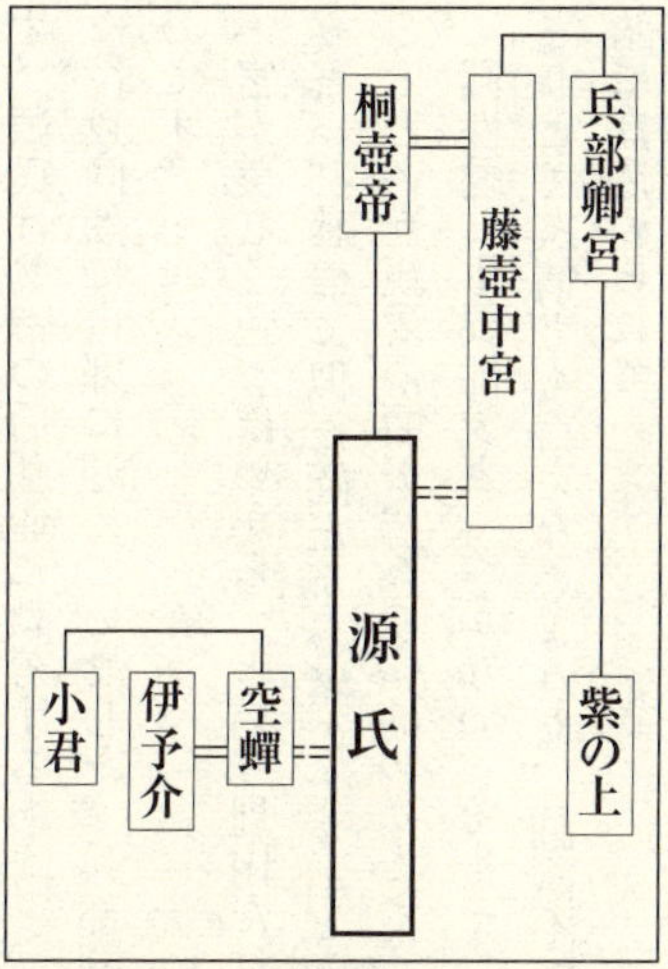

『源氏物語』「紅葉賀」巻時点
══ 結婚関係　=== 結婚なしの性関係

源氏は、人妻の空蟬《うつせみ》と逢《あ》えない不満を、その十二、三歳の弟（小君）と一緒に寝ることで慰めました。〝手さぐり〟で、彼の〝細く小さき〟体や、さして長くない〝髪〟を感じ、それが空蟬と似通っているのを愛《いと》しく思っています。

愛する人の縁者であれば、相手が男でも女でも構わないのです。

先の兵部卿宮に関しても同様で

す。源氏は父帝の后藤壺《きさきふじつぼ》に執着するあまり、藤壺そっくりの姪《めい》の、まだ十歳の紫の上を拉致《らち》同然に自邸に迎えていました。兵部卿宮はこの紫の上の父であり、藤壺の兄なのです。

「宮が美しく色っぽいから」という理由だけでなく、藤壺の兄なればこそ睦《むつ》みあってみたい。藤壺に似た姪だから紫の上を引き取ったように、愛する人の兄だからこそ……という親愛の情が、ここにはあります。

同性愛とも異性愛ともつかない、そもそも恋愛というジャンルですらないような、さりとて友情とも言えないような、翻訳不能な微妙な情愛が、〝女にて見む〟という語には込められています。

あいまいな男女の境界

平安時代に〝女にて見む〟ということばが生まれた背景には、「男の官能も女の官能も味わってみたい」という快楽主義と、それを良しとする「性愛肯定」の思想があります。

また、体毛が薄く色白といった女性的な美を好むという平安貴族の美意識も手伝っていたでしょう。

源氏が十七歳のころ、親友の頭中将《とうのちゅうじょう》らが女の格付け談義（いわゆる「雨夜の品定め」）をしていた。その時、直衣《のうし》の紐《ひも》なども結ばずにしどけなく着こなし、ものにもたれて皆の話を聞く源氏の美しさは、

〃女にて見たてまつらまほし〃（この君を女にして拝見したい、おつきあいしたい）

と形容されています（「帚木《ははきぎ》」巻）。

ここには「美しい男を女にしてセックスしたい」という欲望と共に、「美しい男を女に見立てたら、どんなにか」という極限の美を追究する意識がある。

こうした意識が生まれるのは、当時の男女の美の境界が「あいまい」だからです。

平安時代の美形は男女共、〃きよら〃〃にほひ〃といった同じことばで形容されます。

〃きよら〃は輝くような最上級の美しさ、〃にほひ〃は周囲に照り映えるような肌の色つやを表し、『源氏物語』では源氏や紫の上、養女となった玉鬘《たまかずら》（実父は頭中将）、孫の匂宮《におうみや》といった最高の美男美女に使用されています。

当時は、男女のことばづかいも未分化でした。『枕草子』「同じことなれども」の段には、「同じことばでも、聞いた感じが違うもの」として、

〃男のことば。女のことば〃

とあり、現代のような男女のことばづかいの差がなかったことが分かります。

〝女にて見む〟とは、異性愛と同性愛、恋愛と友情、男性美と女性美といった二元的な価値観ではくくれない、男女の区別さえ混沌《こんとん》とした世界から生まれたことばなのです。

〝女にて見む〟のエロス

平安中期の『源氏物語』では、美しい男を〝女にて見む〟という欲望は願望にとどまりましたが、平安末期から鎌倉初期にかけて書かれた『とりかへばや物語』（十二世紀後半）や『有明けの別れ』（十二世紀後半〜十三世紀初頭）といった物語では、この欲望が具現化されます。

『とりかへばや物語』では、ある貴族が可愛い男の子と女の子をもっていた。兄のほうは異様に恥ずかしがり屋で、部屋にこもってお絵描きや人形遊びをしている。一方、妹はいたずら好きで、外で男の子と蹴鞠《けまり》や小弓《こゆみ》で遊んでばかり。

はじめのうちは親も叱《しか》っていたものの、兄はおびえて内に引っ込み、妹は父の目を盗んで外に飛び出してしまう。それで世間も、外で遊んでいるほうを息子と思い込み、いつしか本人たちの望むまま、世間が勘違いするままに、女っぽい兄は女の子として、男っぽい妹は男の子として育て、宮仕えもさせていました。しかし父親は心の中では、

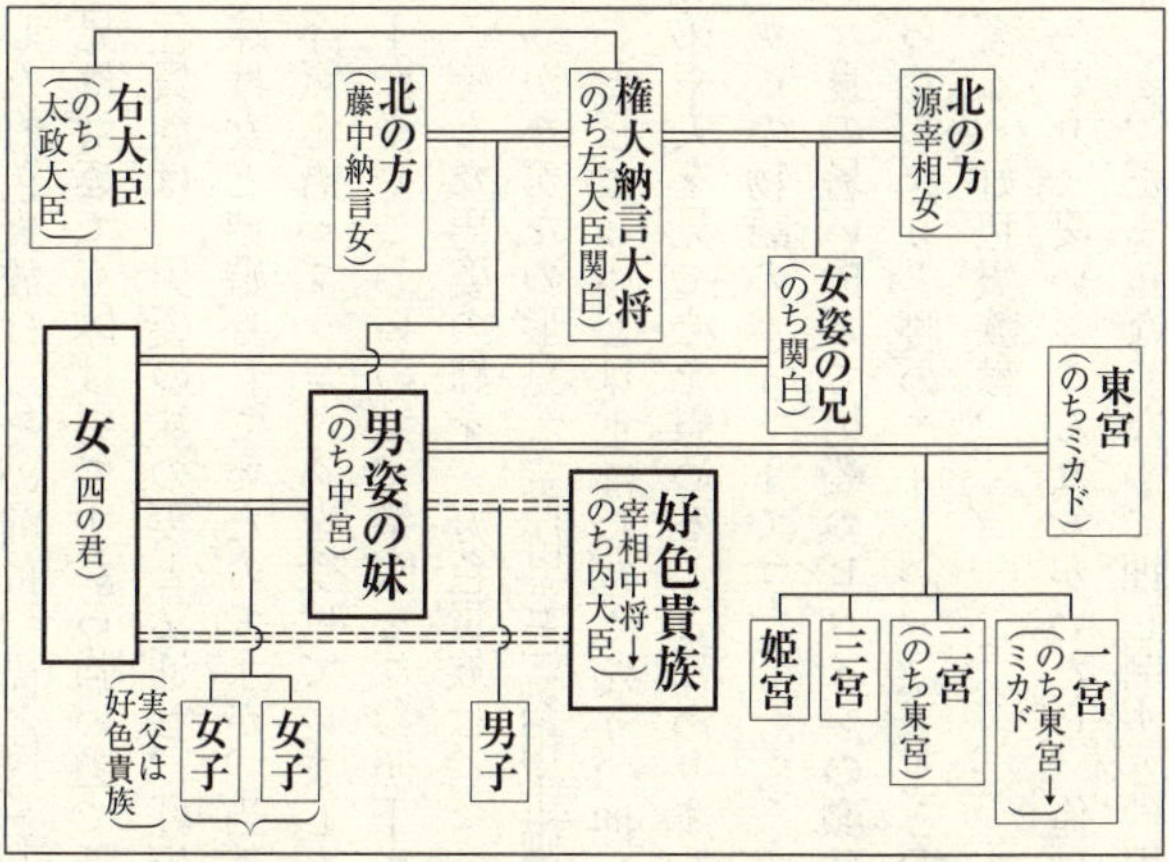

『とりかへばや物語』 ══ 結婚関係 ═══ 結婚なしの性関係

〝とりかへばや〟（取り替えたい）と嘆いていたのがタイトルの由来です。

一方の『有明けの別れ』は、神の啓示により、男の子として育てられていた貴族の娘の物語。

『とりかへばや物語』と『有明けの別れ』、この両方の物語の中で、男として生きるヒロインが、周囲の男たちに〝女にて見む〟と思われている。そしてどちらも、男姿のまま、男に犯されてしまいます。

〝女にて見む〟という男たちの欲望は、男姿の女を犯すことで達成されるわけで、そのシーンはあやしいエロスに満ちています。

『とりかへばや物語』で、男姿の妹を犯

した好色貴族は、その前に、尚侍《ないしのかみ》として宮仕えしていた女姿の兄に迫ったものの、兄は女姿でも体は男ですから強い力で抵抗されて果たせなかった。しかもこの時、好色貴族は、男姿の妹の妻と密通し、妊娠出産させていた。あとで触れるように男姿の妹は女と結婚もしていたのですが、当然ながら相手を妊娠させる力はないので、妻の浮気を悟ってショックを受けていました（このあたりの人間関係、性愛関係はヒジョーにややこしいので、系図をご参照下さい）。

そんな男姿の妹を、好色貴族は、

〝かたがたの形見〟（尚侍と浮気相手両方のゆかりの人）

として〝いと見まほし〟くなり、押しかけます。『源氏物語』でも、好きな女の兄弟や夫を見て心を慰めることはありましたが、男と思っていた相手が実は女であるのがこの物語のポイントです。

夏の暑い折とて男姿のヒロインの顔は上気して、袴《はかま》の腰紐をきゅっと結んだ薄絹からくっきりと腰のラインや、〝雪をまろがしたらんやうに〟白く美しい肌が透けて見える。好色貴族は、

「こりゃ凄《すご》い。こんな女がいたら、俺はどんなに夢中になることか」

と、たまらなくなって押し倒すと、相手は抵抗するものの、組み伏せられて動けな

い。

ビジュアル的にはボーイズラブですが、男姿のヒロインの体は女であるところに、当時としては新しさがあり、すべてを知った好色貴族(『有明けの別れ』の場合はミカド)は、

「これほど心にしみて愛しく感じることはなかった」(『とりかへばや物語』)

「愛しさは、普通の女の恋人の千倍もまさる」(『有明けの別れ』)

と、今まで感じたことのない興奮を覚えるのです。

男にも女にも欲情される存在——両性具有のパワー

『とりかへばや物語』や『有明けの別れ』の男姿のヒロインが夢中にさせたのは男ばかりではありません。

どちらの物語でも、男姿のヒロインは女と結婚もするし、周囲の女を口説いてもいます。

ヒロインを犯した男たちは、性行為を仕掛けた時点では相手の体が女と知らない、つまりそれは「男性同性愛」的な行為でした。一方、ヒロインの正体を知らない妻や女たちにすればヒロインと寝ることは「異性愛」なのですが、ヒロインから見れば、

それは「女性同性愛」的な行為です。

性の境界が「あいまい」ゆえに、さまざまな性の形が出現し、新たなエロスが生まれている。

しかもヒロインは周囲の女を、

「一目でも姿を見た人は、心からおいでをお待ちする」(『とりかへばや物語』)

というほど虜《とりこ》にしたり、

「魂も消えてしまうほど」(『有明けの別れ』)

夢中にさせています。

男姿のヒロインは男にとって「理想の女」であると同時に、女にとっても「理想の男」なのです。

この、

「男をも女をも魅了する性的魅力がある」

ということこそ、これらの物語の主人公の特徴であり、それを「良し」とするところに、日本の古典文学の特色があります。

『源氏物語』の主人公は多くの女たちにその美を愛でられ、男からも〝女にて見む〟と欲情された存在でした。

日本最古の文学『古事記』で英雄として描かれるヤマトタケルノ命《みこと》も、オトタチバナヒメノ命、ミヤズヒメなど、複数の女たちに愛されただけでなく、男をも魅了しています。

彼は西国のクマソタケル兄弟を征討する際、叔母の衣装を借りて〝童女《をとめ》の姿〟になります。彼が敵の酒宴にもぐりこむと、クマソタケル兄弟は、大勢いた女たちの中からその美しさを愛で、自分たちのあいだに座らせます。『日本書紀』（七二〇）によれば、わざわざ彼の手を取って、酒を飲ませて戯《たわむ》れました。こうして敵を油断させた女姿のヤマトタケルは、クマソタケル兄弟の、それぞれ胸と尻《しり》を刺し貫いて殺すのです（『古事記』）。

ヤマトタケルには猛々《たけだけ》しさと、少女の美しさが同居していました。

彼が女装したのはその美しさという力を最大限に引き出すと同時に、女の力をも取り込もうとしたためでしょう。

太古の日本では、「男女両性のパワーを合わせもってこそ最強になる」と考えられていました。同じ『古事記』で女のアマテラス大御神《おおみかみ》が、男の髪型と衣装になることで、スサノヲを迎え撃とうとしたのもこの類《たぐい》です。

男は女装によって女の力を、女は男装によって男の力を、取り込めると考えられていたのです。

女性的な姿でいながらヒゲがある観音菩薩《ぼさつ》のように、「両性」を「具有」してこそ至高という考え方が長い間続いていたところに日本の特色があって、それはあらゆる性の形を肯定する姿勢にもつながっています。

先に触れたように、西欧でも古い神話には両性具有の神が出てきますが、蛇の姿で表されることの多いそれらの神々は、キリスト教普及以降は、女とも男ともセックスできる「みだらな怪物」と貶《おとし》められます。

一方、日本の古典文学では、「好色」が「みだらな悪いこと」ではなく「貴族的な良いこと」として肯定され、男をも女をも欲情させる人物こそ至高という思想が、強くは否定されぬまま脈々と受け継がれました。

平安末期の源義経はのちの室町・江戸といった武士の時代に悲劇の英雄として敬愛されますが、彼が「牛若丸」と呼ばれた少年時代、〝女房装束〟をまとって弁慶と戦い勝利したという伝説（室町時代『義経記《ぎけいき》』）が作られたのも、こうした両性具有パワー信仰がベースになっているように思います（そういえば、日本の漫画オタクで漫画家のスウェーデン人オーサ・イェークストロムのブログ「北欧女子が見つけた日本の不思議議」に、高橋留美子の「犬夜叉《いぬやしゃ》」の主人公を、オーサの母親が女性と勘違いしていたという記事がありました。オーサによれば、スウェーデン人は「長い爪《つめ》＋長髪＝女性」であり、「中性的なキャラクターに全く慣れていない」ということ。この記事は逆に、日本人が子供のころからいかに中性的なキャラクターに馴染《なじ》んでいるかを教えてくれます)。

時代の変わり目に強まる性差意識

とはいえ、男女が入れ替わる『とりかへばや物語』や『有明けの別れ』といった物語は、それまであいまいだった「性差意識」を明確にしたという一面もあります。

どちらの物語でも、男姿のヒロインは男に犯され妊娠出産することで、結局、女の人生を歩むことになります。

これらの物語では、心はどうであろうとも、男の体があれば女を妊《はら》ませ、女の体があれば男に妊まされるのです。

『とりかへばや物語』の男の子っぽいヒロインは、今でいう性同一性障害でしょうから、これはつらかったでしょう。しかもヒロインを妊娠させた好色貴族は、同時期、彼女の妻をも妊娠させる。ヒロインは好色貴族から「逃れたい」と考え、出産後、失踪《しっそう》。女姿で過ごしてきた兄尚侍と入れ替わって生きることになるのですが……。

こうしたヒロインの行動の大胆さを、物語は、

「〝男〟として生きてきた〝心強さ〟（気丈さ）の名残」

と言い、危機を乗り切った時は、

「〝男〟としての暮らしに馴《な》れた〝御心〟なので、道理に適《かな》ったとるべき手段を思案した」

というふうに、思い切った行動や論理性は男の属性として描かれます。

「女っぽい兄と、男っぽい妹」というテーマを選んだ時点で、遊びや衣服、体格差や腕力の差に至るまで「女らしさ・男らしさ」を追究し、描き分けざるを得ないわけで、そこではかえって「性差」による役割分担が浮き彫りにされる形です。

こうした物語が生まれた背景として、それらが書かれた平安末期から鎌倉初期という時代が、貴族の世から武士の世、母系的な社会から父系的な社会へと移り変わる転換期に当たり、「女は女らしく、男は男らしく」という性差の縛りが強くなりつつあったという事情があるように思います。

同じころ、女でありながら眉《まゆ》も処理せずお歯黒もせず、男物の白袴をはいて、男の子と一緒に虫を可愛《かわい》がる「虫愛《め》づる姫君」（平安末期〜鎌倉初期『堤中納言物語』）が書かれたり、やはり同時期に作られた『病草紙《やまいのそうし》』（平安末期）で、〝二形《ふたなり》〟（半陰陽）

が〝病〟として茶化されているのも、この時代、「性差」への意識が高まり、「あいまいな性」への寛容さが以前より薄らいでいたからでしょう。

一方で、男女の両界を経験した主人公が、女なら中宮、男なら関白という現世の最高の地位にのぼりつめるという『とりかへばや物語』や『有明けの別れ』の設定には、「男女の両性を兼ね備えてこそ至高」という『古事記』や『源氏物語』以来の思想も感じられます。

現在、日本では、半陰陽として生まれてきた子は、親や医師の判断でどちらかの性別にすべく手術が行われることも多いと聞きますが、そこで選ばれた性が心の性と違う場合……性同一性障害であった場合はつらいことでしょう。

人はなぜ男と女に分けられるのか、その中間はないのか……。

「あいまいな性」のまま生きやすい社会になれば、日本の同性愛者の満足度も、もう少し上がるのかもしれません。

コラム4　古典文学の中の女性同性愛――性虐待《ぎゃくたい》と男性嫌悪《けんお》

継父に性虐待を受けた姫君

『有明けの別れ』の男姿のヒロインが男姿のまま妻を持つということは、ヒロインの正体を知らぬ妻の姫君にとっては異性愛でも、ヒロインにとっては女性同性愛的な行為であったことは第七章で触れました。

衝撃的なのはヒロインが妻となる姫君を見出《みいだ》したいきさつです。

実はヒロインは透明人間になってあちこちに行ける術を持っていました。

あるつれづれな雨の日、いつものようにヒロインが姿を隠して外出し、叔父に当たる左大将の屋敷に忍び込んだところ、左大将が娘の部屋に入り込み、

「人目が遠ざかるのを待って、時たま、こうして逢えた夜《よ》さえも、あなたはなぜ泣いてばかりいるのか」(〝たまさかに人めまちつる夜のまだに涙のひまのなどなかるらん〟)

などと迫っている。

つまりヒロインは、叔父左大将が娘に性虐待をしているところを目撃したのです。左大将の娘は実の娘ではなく、北の方の連れ子。継娘とはいえ、北の方に隠れてその娘を犯しているという点で不倫ですし、娘は継父の行為をひどく嫌がっているので、紛れもない性虐待です。

しかもこの姫君は一方で継父の息子（つまり姫君にとっては継兄弟）にまで口説かれた上、継父の子を妊娠、そのことが母（左大将の北の方）にばれてしまいます。姫君が〝いける心地〟（生きた心地）もしないのは当然です。

こうしたもろもろを見たヒロインはひどく同情し、この姫君を自邸に誘って妻にします。

ヒロインにかくまわれる形で姫君が継父の子を出産すると、ヒロインは姫君の母にだけ、内密に出産の事実を伝えます。

ところが、その後、姫君の継兄弟がやって来て彼女を犯し、姫君は今度は継兄弟の子まで妊娠してしまう。

継父にも継兄弟にも犯されて、妊娠させられた姫君を、形式上の夫であるヒロインは優しくゆるしながらも、

「こんな男姿で妻を持つような人生とはやはりきっぱり縁を断って心安らかに仏道

修行をしよう」

と考えます。

ヒロインがミカドに犯されるのはこのあとで、直衣を解かれ、女の体であることを見破られたヒロインは、一時は心が〝くだけはて〟、〝世やつきぬらん〟（もうおしまいだろう）と絶望しながらも、男としてはいったん死んだことにして、その姉妹と銘打ち、改めてミカドに入内《じゅだい》します。

一方、継兄弟の子を出産した姫君（ヒロインの妻）は尼となりますが、女となって生まれ変わったヒロインは、一部始終をこの元妻＝尼に告白し、二人は離れがたい友情で結ばれることになります。

この物語には女性同性愛的な心情や行為が描かれると同時に、「犯される体」を持つ女のつらさと「男性嫌悪」が充満しています。

『有明けの別れ』（大槻修訳・注）の「解説」も指摘する通り、

〝あなうたて、男の心は憂《う》きものなりけり〟（ヒロインの叔父が継娘に迫るシーンを見たヒロインの感想）

〝男をこそ、うたてあるものに思ひうとまれ〟（男に積極的な老醜女を見たヒロインの感想。男はイヤなものと思っていたら、そんな男に迫る女もいるという驚きと

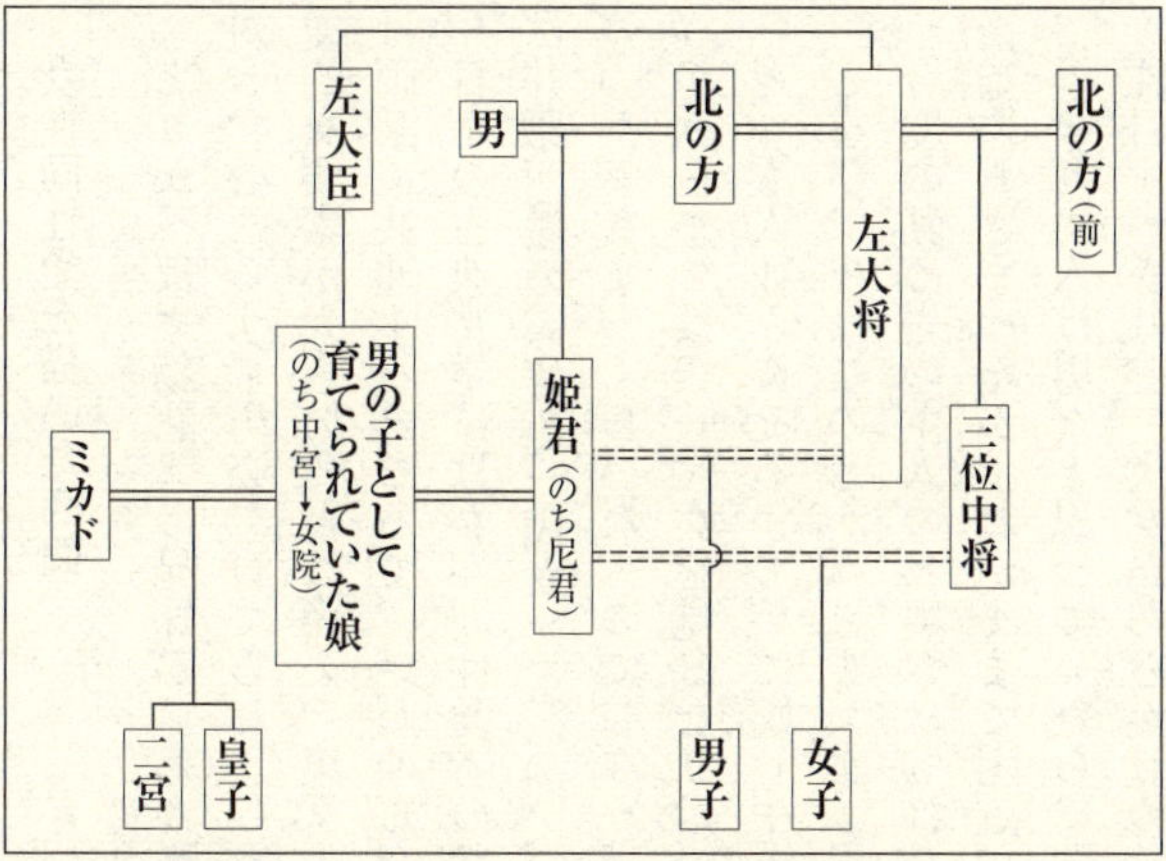

『有明けの別れ』　══ 結婚関係　＝＝＝ 結婚なしの性関係

軽蔑《けいべつ》）

〃男ばかりうきものなかりけりと、おぼしうとまるる〃（叔父の北の方が若々しく美しいのを見たヒロインの思い。こんなに美しい妻がいるのになぜ継娘を犯すのか）

などなど、男装のヒロインはしばしば強い男性嫌悪の念に襲われます。『有明けの別れ』ははっきり女性同性愛者の物語とは言えませんし、女性同性愛者だからといって男性を嫌悪するはずはないのですが、この物語に見える女性同性愛的な傾向と男性嫌悪は興味深いものがあります。

女性同性愛を描いた西鶴

『とりかへばや物語』の兄妹がいわゆる性同一性障害の人の物語として読めるのに対し、心ならずも男姿で育てられた『有明けの別れ』のヒロインのほうは女性同性愛的な要素が大きい。とはいえ、東宮やミカドの愛を受け入れて皇子たちをなすのは両話に共通するところで、いわゆる今の女性同性愛とは毛色が異なります。

日本の古典文学には女性同性愛者の話は非常に少なく、はっきりそれと分かるのは井原西鶴の『好色一代女』(一六八六)巻四に出てくる〝七十ばかり〟の金持ちの〝かみさま〟くらいなものでしょう。

〝かみさま〟は、一代女を見るなり、

「どこも人並みにそろっていて嬉《うれ》しや」

と喜び、夜はこの〝かみさま〟が〝男になりて、夜もすがらの御調謔《たはぶれ》〟となった。

今度の勤め先の主人の〝奥〟は〝はじめの奥さま〟の召使で、〝奥さま〟の死後、後釜《あとがま》におさまったが、わがままで困る、などといった前評判を聞いていた一代女は、てっきり主人は男だと思っていたら、同性愛のお婆《ばあ》さんだったのです。

注目すべきは、一代女があらかじめ「この勤め先の家の中のことは決して他言なさいますな」とクギを刺されていたこと。

そして〝かみさま〟の〝願ひ〟は、

「一度は来世で男に生まれて、したい放題したいのに」

というもので、古くから公認されていた男性同性愛と違って、女性同性愛者は肩身が狭く、差別の目で見られていたことが分かります。

日本の古典文学に男色の物語はたくさんあっても、女性同性愛の物語が見当たらないのは、こうした無理解によるものでしょう。

面白いのは女性同性愛を描いた西鶴の、老女が〝男になりて〟という言い回しです。


女の同性愛はどちらかが男役をすると見られていたわけで、ここには性愛をあくまで男と女のものとする異性愛的な視線が強く感じられる。同性愛者に向かって「どっちが男役で、どっちが女役？」などとぶしつけな異性愛者が尋ねるのと似たニュアンスを感じます。

とはいえ、女性同性愛の話が皆無に近い日本の古典文学で、それを取り上げた西鶴の功績は計り知れません。

『源氏物語』に、男を女に見立てて愛でようという〝女にて見む〟ということばがあるのに、女を男に見立てて愛でようという〝男にて見む〟ということばがないのも、女性的な美に重きがあることだけでなく、男の同性愛は公認されていても女の同性愛は公言されることがなかったという日本の事情と関係しているのかもしれません。

第八章 「エロ爺《じじい》」と「エロ婆《ばばあ》」の誕生——貧乏女とエロ婆の関係

老人の性は究極のエロ

「妊娠を気にしないセックスがこんなに楽しくて、気持いいものとは思わなかった」

一九九二年、ノンフィクション作家の小林照幸が老人施設の施設長から聞いた、八十歳を超す入所者のことばです（『熟年性革命報告』）。

彼女が二人の男と施設内でセックスしていることが分かったため、「事情聴取」しようと施設長が呼び出したところ、先手を打たれる形でこう言われた、と。

結局、施設長は彼女の話をそのまま聞くだけとなり、性の問題が老人施設にあって非常に大切であることに気づかされたといいます。小林氏もこの話をきっかけに老人の性の世界に興味を持ち、自ら老人施設で介護に携わるうちに、

「『人は歳《とし》を取れば枯れて性欲がなくなる』というイメージがまったくの幻想に過ぎないということ」

を知ります（小林氏前掲書）。

「妊娠を目的としないセックス」

思えばこれほど人間的なものはありません。

その意味で、老人のセックスこそ人間的なものの極致、究極のエロと言えます。

小林氏は老人にも性欲があることに衝撃を受けたようですが、日本の古典文学では、老人に性欲があるのは当たり前。浮世絵研究者の白倉敬彦によれば、

「性的欲望は、男女ともに灰になるまである、というのが、江戸時代までの性的概念」で、

「春画には、多くの老爺《ろうや》、老婆《ろうば》が登場する。これは、日本春画の一つの特徴であって、世界のエロティックアートにはほとんどあり得ない事実である」（『春画に見る江戸老人の色事』）といいます。

古典文学でも『万葉集』（七七一以後？）の昔から、「老いらくの性」が歌われます。中には、自分の年よりずっと若い女に恋をした中高年男が、「白髪が生えてますよ」と女に指摘される歌などもありますが、

「黒髪に白髪が交じり老いるまで、こんな恋にはまだ巡り逢《あ》ったことはないのに」

（〃黒髪に　白髪《しろかみ》交じり　老ゆるまで　かかる恋には　いまだあはなくに〃）（巻第四）

という大伴坂上郎女《おおとものさかのうえのいらつめ》の歌に代表されるような、「こんな年になってもこれほど激しい恋をするとは！」的な自身の驚きに重きが置かれた歌が大半で、老人の性を「異常である」とか「年甲斐《としがい》もない」と貶《おとし》める傾向は見えません。

笑われる老人の性欲——エロ婆の誕生

ところが、平安中期から末期にかけて、老人の性に関する観念に異変が生じた時期があります。

『源氏物語』（一〇〇八ころ）には、ずばり、

〃老いらくの心げさう（老いらくのときめき）も、よからぬものの世のたとひ（たとえ）〃（「朝顔」巻）

ということばが出てきて、源典侍《げんのないしのすけ》という好色な老女が笑いの対象となっています（「朝顔」巻時点の彼女は七十か七十一歳）。


彼女はもともと内侍司《ないしのつかさ》の次官という政府の高官で、

「人柄も並々でなく、気働きがあり、上品で人々の信望もある」

というキャリアウーマンながら、五十七、八歳になっても、〝いみじうあだめいたる心ざま〟（ものすごく好色な性分）という設定です。十九歳の源氏は、

「こんなに〝さだ過ぐるまで〟（女盛りを過ぎてまで）なぜこうも〝乱〟れているのだろう」

という好奇心から彼女に接近し、男女の仲に。

それを知った源氏の親友の頭中将《とうのちゅうじょう》もまた、彼女の、〝尽きせぬ好み心〟（いつまでも枯れることのない好色心）を知りたくなって男女の仲になります。

あげく、源氏と源典侍が寝ていたところに頭中将がやって来て太刀で脅すふりをしたので、あわてふためく源典侍の醜態がさらされ、ドタバタ劇で終わります（「紅葉賀《もみじのが》」巻）。

『源氏物語』でヒロインとなる女君は、紫の上や藤壺《ふじつぼ》や浮舟のように「心ならずも男に犯される女」が主流。源典侍のように積極的に性を楽しむ女は、「まぶたがひどく黒ずんで落ちくぼみ、髪はたいそうほつれてけば立っている」老醜の女として描かれる上、笑われ役となってしまうのです。

とはいえ、源典侍は源氏や頭中将といった若者とセックスするなど、その性が「満たされている」だけ、まだましです。

藤原明衡《ふじわらのあきひら》の『新猿楽記《しんさるがくき》』（十一世紀半ばころ）では、四十歳の主人公の三人の妻のうち、第一の本妻は六十歳という高齢で、

〝色を好むこと甚だ盛なり〟、かつ、

〝上下の歯は欠け落ちて飼猿《かひさる》の顔のごとし。左右の乳《ち》は下《な》り垂れて夏牛の閵《ふぐり》に似たり〟

という、さんざんな描かれようです。

そんな有様なので化粧をしても〝あへて愛する人なし〟。夫の愛を取り戻すため、あやしげな祭に参加しては、〝蚫苦本《あはびくぼ》〟（女性器に見立てたアワビ）を叩《たた》いて踊ったり、〝鰹破前《かつをはぜ》〟（陰茎に見立てた鰹節）をうごめかして祈るものの、効果は絶無。当の夫は、若いころ彼女の両親の権勢と財産に目がくらんで結婚したことを、後悔しているという設定です。

複数の男と寝ていた源典侍と違って、この老妻はたった一人の夫に愛されたくてじたばたしているだけなのに〝色を好むこと甚だ盛なり〟と言われてしまっている。老女に性欲があること自体が「異常なもの」と見なされているのです（夫のほうは、同

い年の第二の妻に家政を任せ、十八歳の第三の妻との性愛に溺《おぼ》れているのに、ですよ)。

『新猿楽記』ではほかにも、主人公の十三番目の娘が〝醜陋《しゅる》とみにくくして人に見《まみ》ゆべからず〟というブスで、かつ〝婬泆《いんしち》にして上下を択《えら》ばず〟という見境のない淫乱《いんらん》女という設定になっており、老女に限らず、「性に積極的な女」が醜く描かれています。

ちなみに古代・中世の古典文学では「老い＝醜さ」と決まってます。

『源氏物語』では、藤壺中宮の口を借りて、

〝それは、老いてはべれば醜きぞ〟(「賢木《さかき》」巻)

と断言していますし、『万葉集』でも、

「老いて口の締まりがなくなって舌がはみ出し、よぼよぼになる」(〝老い舌出《い》でてよよむ〟)

と、老いの醜さが歌われます(巻第四)。

平安中期から末期にかけて、こうした「老醜」に託して「積極的な性愛」が笑うべきものとして描かれるようになるのです。

その背景には「性愛の地位の低下」がありました。

貧乏女の急増が性愛の価値の低下を招く

日本の古典文学では、基本、性愛は「良いこと」とされ、『古事記』(七一二)『日本書紀』(七二〇)などでは、多くの異性と交わることは英雄の条件であり、『釈日本紀』(一二七四〜一三〇一)に残る『丹後国風土記《たんごのくにふどき》』(七一三以後)逸文の「浦嶋子《うらのしまこ》」や、『万葉集』でも、色好みの神女(仙女)や美女が描かれ歌われたものです。

ところが平安中期から末期にかけて、好色な女の地位が次第に低下して、見てきたようにブスや老女として描かれるようになる。

その背景には、今とよく似た時代状況……「女性の貧困化」があると、私は考えます。

現代日本では、単身で暮らす二十〜六十四歳の女性の三人に一人、三二%が「貧困状態」にあるといい、男性が二五%であるのに対し「女性の苦境が際立《きわだ》っている」といいます(国立社会保障・人口問題研究所。「共同通信」二〇一二年一二月八日)。

これとよく似た状況が、平安中期から末期にかけて、ありました。

古代日本は、家土地が母から娘へ継承される母系的な社会で、「どの父の子か」が問われる比重が低いため、女の性の縛りがゆるく、「エロいほうがエライ」という風潮があった。それが平安中期、大貴族が娘の性を道具に一族繁栄する外戚《がいせき》政治が盛んになるにつれ、父親を中心とした「家」の結束が強まっていき、平安末期にかけて母系のつながりが弱まる傾向にあった。その結果、出産や結婚生活で母方のオバや姉妹たちに経済面で助けてもらったり、子育てを手伝ってもらうという、母系的な社会から得られた支援を、得にくくなりつつあったのです。

それでいながら性にゆるい傾向や、新婚家庭の経済は妻方で担《にな》うという結婚形態はそのままですから、親が死ぬと困窮して「結婚できない女」や、父のない子を抱えて路頭に迷うシングルマザー、結婚しても貧しさゆえに夫に捨てられる女などの「貧困女」や「落ちぶれ女」が、平安中期から末期にかけて急増していきました。

『うつほ物語』（十世紀後半）には、

「今の世の男は、まず女と結婚しようとする際、とにもかくにも両親は揃《そろ》っているか、家土地はあるか、洗濯や繕いをしてくれるか、自分の供の者に物をくれるか、馬や牛は飼っているかと尋ねる。顔形が美しく、上品で聡明《そうめい》な女でも、荒れた所にひっそりと住まいを構え、寂しげに暮らしている様子を見ると、ああむさくるしい、自分の負担や苦労のもとになるのではとあわてふためいて、〝あたりの土〟すら踏まない」（「嵯峨《さが》の院」巻）

という記述があります。

現実の歴史を綴《つづ》った『栄花物語』（十一世紀）には、内大臣や関白の姫君、内親王さえ親を亡《な》くして人に仕える身となったり（巻第八、巻第十四、巻第三十六）、『大鏡』（平安後期）には三条帝の皇后娀子《せいし》の妹で、親王妃だった女性が落ちぶれて、夜、歩いて藤原道長のもとに行き、所領を回復してもらうよう訴えたという記述もある。

現実には、貧乏であれば、美人ですら結婚難にあえいでいたからこそ、極貧ブスで孤児の末摘花《すえつむはな》と結婚する源氏が「理想の男」とされたのです（『源氏物語』）。

こうした時代背景から生まれたのが「落ちぶれ女モノ」ともいうべきジャンルで、その代表格が平安末期の『玉造小町子壮衰書《たまつくりこまちしそうすいしょ》』という漢詩です。ここで歌われるヒロインは、美貌《びぼう》をたのんで結婚しなかった結果、二十三歳までに親兄弟と死別したあとは、召使も逃げ、急速に落ちぶれて醜い老婆になってしまいます。

ヒロインは小野小町とは別人ですが、後世、小野小町零落説話として受け止められ、「美人なんだし、せっかくたくさん男が言い寄って、結婚しようと思えばできたのに、男を選り好みするから、こういうことになるのだ」という、「男に反抗的な女」への見せしめ的な類話が続々と作られていくことになります。

エロ女が「イタい存在」に

母系の結束が薄れる傾向にありながらも、妻方に経済力が求められていた平安中期から末期にかけて、貧しい女にとって、金持ちで将来性のある誠実な男と結婚することは「悲願」になっていたようで、『今昔物語集』(一一三〇ころ)巻第十六には、貧しい独身女性が観音に祈って結婚相手を見つける「婚活」話や、貧しいシングルマザーが金銭を授かる話が何話も描かれています。

「貧乏女子の増加」と「婚活女子の増加」という、現代日本とよく似た状況が生まれていたわけですが、こうなると、

「複数の男と関係してばんばん子どもを生む」

という、母系的な社会なら歓迎されるはずの女が「イタい存在」になってきます。

平安中期から末期にかけて、「性愛に積極的な女」がブスや老女として醜悪に描かれるようになるのには、こうした時代背景があったと私は考えます。

悪役は醜く描かれるのが文芸の基本。「女性の貧困化によるエロのイメージ低下」が、老女とブスのエロ要員化につながったわけです。

これと並行して起きてくるのが「若者の性愛離れ」で、十世紀初頭から十一世紀に

かけての古典文学には、

「近ごろの若者はエロさが足りん」

と嘆く風潮が見えます。

『うつほ物語』では、大貴族が、皇女と結婚した息子に、

「最近の人は妙に実直なことだ」(〝今様の人は、あやしうまめにこそあれ〟)

と言って、

「私なら皇女を妻に得たとしても、その妹宮や周辺の人妻は女御《にょうご》にだって残らず恋を仕掛けただろう」

「(東宮妃が)実家に退出なさった時にでも、酔ったふりをして寝所に押し入ればいい」

「二の宮(息子の妻の妹宮)と、源中納言(息子の友達)の妻は早くモノにしたほうがいい」

などとけしかけます(「蔵開中」巻)。

『うつほ物語』はフィクションですが、『紫式部日記』(一〇一〇以後)にも、

「若い人ですら重々しく見せようと真面目《まじめ》に振る舞うご時世に、(上臈《じょうろう》中臈の女房)が見苦しく戯《たわむ》れるのもひどくみっともないだろう」

「今どきの若い公達は中宮（彰子）の気風に順応して、全員、真面目人間だ」

とあって、当時の若者が年配者から見るとずいぶん「生真面目」に映っていたことがうかがえます。

『伊勢物語』（十世紀初頭）にも、

「昔の人はこうも情熱的で風雅な振る舞いをしていたのだった」（一段）とか、

「昔の若者はこんなに深く人に恋して思い詰めたものだ」（四十段）

などとあり、当時の若者は昔の人と比べると、

「性愛に関して消極的になっている」

と映っていたようです。

平安の草食男子

平安中期の中高年が若者の草食化を嘆いていたのに対し、若者のほうはそんな肉食系の中高年に呆《あき》れ気味の視線を送っています。『うつほ物語』で、父親に東宮妃や妻の妹とのセックスをけしかけられた息子の反応は、
〝いとうたてあること〟（なんてひどいこと）
〝いとあやしきこと〟（ほんとに不都合なこと）

という否定的なもので、好色な父親を持て余し気味。

『うつほ物語』から数十年後にできた紫式部の『源氏物語』でも、源氏は父帝や兄帝の妻を犯していましたが、源氏の子や孫世代の物語を描く宇治十帖《うじじゅうじょう》の男主人公の薫《かおる》は、〝すきずきしき心〟などはないと自称（「橋姫」巻）、はた目にも〝男々しきけはひなどは見えたまはぬ人〟（「椎本《しいがもと》」巻）で、大君や中の君といった好きな女と同衾《どうきん》しても「何もしない」という設定です。

色恋に積極的・肯定的な中高年と、色恋に消極的・否定的な若者たち……。

現代日本とそっくりです。

一般社団法人日本家族計画協会が十六〜四十九歳の男女三〇〇〇人を対象に実施した「男女の生活と意識に関する調査」（有効回答一一三四人・男五一九人、女六一五人）は二〇一四年九月に行われたもので、二〇〇二年から隔年の調査で、七回目になります。それによると、セックスについて、「あまり、まったく関心がない」と「嫌《けん》悪《お》している」男性の割合は過去最高となり、とくに若年層ほど多く、十六〜十九歳で三四・〇％、二十〜二十四歳で二一・一％、二十五〜二十九歳で二一・六％となって、四十五〜四十九歳（一〇・二％）を大幅に上回った。これは二〇〇八年に比べほぼ倍増といい、女性の場合は、二〇〇八年に比べすべての年齢層でセックスへの無関心・

嫌悪の傾向が広がって、「『草食化』どころか『絶食』」という若者の性傾向が明らかになったといいます（「毎日新聞」二〇一五年一月五日付）。

新聞やネットの記事はとくに男性のセックスへの無関心に注目し、「相手との関係を築くには相応の時間とお金と労力がかかる。セックスに至るまでのコミュニケーションを難しいと感じる男性が増えているのではないか」「一般的に男性は相手より優位に立ちたいと考えがちだ。学歴や収入面で同年代の女性に負い目を感じれば、結果的に関わりを避けるのかもしれない」（北村邦夫・同協会理事長。前掲紙）などと分析していますが、十六〜十九歳のセックス嫌悪は男性が三四・〇％に対し、女性は六〇％以上と、男性以上にセックス嫌悪が起きていることから、この分析には疑問を覚えます。

女側で経済を支えていた母系的な社会のほうが性愛は肯定されていたことを思うと、女の経済進出が理由であるかのような分析は的外れな気がします（ちなみに二〇一六年の八回目の調査結果ではさらにセックスレス化が進み、既婚者では過去最高を更新、未婚男女の四割がセックス経験なし、といいます……「ニッポンドットコム」二〇一七年二月二十三日）。

エロ爺・エロ婆の発見

現代日本で性の絶食化が進むのも、平安中期から末期にかけて「性愛の地位」が低下したのと同様の理由……「女性の貧困化」が進み、「エロ」のメリットが低下したことが原因ではないか。

だとすると、母系的な要素の強かった古代日本のように、シングルマザーになっても豊かに暮らせる社会でなければ、エロの価値は高まらず、若者の性の絶食化には歯止めがかからないわけです。

このままだとエロ化するのは爺婆ばかり……というわけですが、話を平安時代に戻すと、若者のセックス離れと時を同じうして、「エロ婆」と並んで目立ってくるのが「エロ爺」です。

『落窪《おちくぼ》物語』(十世紀)には、ヒロインの落窪の君をいじめる継母の差し金として、六十歳の貧乏な〝たはしき〟(淫《みだ》らで好色な)典薬助《てんやくのすけ》(医療を扱う典薬寮の次官)が登場します。継母は、このスケべな叔父を、落窪の君に、

「まとわりつかせて置いておこう」(〝からみまはせて置きたらむ〟)

と思いつく。で、落窪の君を臭い納戸《なんど》に閉じ込めた上、落窪の君が「胸が痛い」と

泣くと、典薬助に、

「体を触って薬なども差し上げてちょうだい」

と命じ、納戸の鍵《かぎ》を開けて中に入らせます。典薬助は落窪の君の〝胸〟をさぐり、〝手〟に触れ、装束を解いて横になるというセックス寸前の行為に及ぶものの、落窪の君の侍女が入り込み、事無きを得ます。その後も〝目くそ〟で閉じたまぶたをやっと開けて出て行ったり、肝心のところで下痢になり〝尻《しり》をかかへて〟出て行く……といった具合に、醜悪な笑われ役ですが、彼の存在が継母を油断させ、ヒロイン救出の機会を与えるという重要な役目を負っています。

『今昔物語集』巻第二十四第八にもスケベで年老いた典薬頭《てんやくのかみ》（典薬寮の長官）が登場。生来〝すきずきしく〟、女好きな〝翁《おきな》〟ながら、名医として評判の彼は、よりによって陰部に腫《は》れ物が出来た三十路《みそじ》の美女に「セックス」をちらつかされながら、治療に専念したあげく、トンズラされて世間の笑い物になります。

このスケベな典薬頭が実にいい味を出していて、目の前の美女を「自由に出来る」と思うと、

〝歯も無く極《きはめ》て萎《しぼめ》る顔〟

が満面の笑みになるというエロ爺ぶり。

〝雪のやうに白き〟股《もも》を探ったり、女の袴《はかま》の腰紐《こしひも》を解かせても患部が〝毛の中〟にあって見えないため、〝手を以《もっ》て〟探って腫れ物を発見、さらに、

〝左右の手を以て毛を掻別《かきわけ》て見れば〟

といった具合に、詳細な「診察」描写が続きます。結果、命に関わる腫れ物と知ると、

「今こそ長年培《つちか》った技能のあらん限りを出し尽くす時だ」

と心に決めて、老いた身で七日間、夜も昼も治療に専念するのですから、「エロ心」にまさるとも劣らぬ「プロ意識」ではありませんか。

完治したあとも、鳥の羽で女の陰部に薬を日に五、六度つけるなど、エロ爺の基本はしっかり押さえつつ、最終的には女に逃げられ、彼女を愛人にしようという当てがはずれて、弟子にも世間にもバカにされるという笑い話になっています。

ほかにも七十の老僧が若い尼に性の相手と介護をさせようと目論《もくろ》んだものの、モノが役に立たず、尼に浮気され殺されかけた『沙石集《しゃせきしゅう》』（一二八三）の話、七十ほどの老尼が同じ年代の老僧に「女を紹介する」と偽って、酒を飲ませて明かりを落とさせ、自分がその相手になる『およう尼』（室町末期〜江戸初期）、そして江戸時代の春画の翁嫗《おきなおうな》……。

エロのイメージ低下と老人差別が「エロ」要素を老人に押しつける形で生まれた「エロ爺」と「エロ婆」ですが、彼らは馬鹿《ばか》にされ笑われながらも、日本の文芸に欠かせぬ存在となります。

そもそも『源氏物語』の源典侍や『新猿楽記』の老妻にしてからが、そのキャラの強烈さの前には、すべての若者の性愛が色あせる破壊力というか、インパクトがあったものです。

種の保存という生物の大目的から逸脱した世界で生きる彼らに、エロの一大鉱脈を見出した昔の日本人……老人施設でセックスしていた八十過ぎのお婆《ばあ》さんは、彼らの精神の正統な継承者と言えます。

第九章　あげまん・さげまんのルーツ

――日本の「女性器依存」はなぜ生まれたか？

女性器依存大国ニッポン

古典文学を読んでいると、日本はつくづく「女性器依存」の社会だなぁと思う時がある。

正確に言うと、

「セックスする女次第で、男の寿命や運・不運が左右される」

という考えの根強い社会なんだな、と。

今でも「あげまん」「さげまん」などと言って、スポーツ選手が結婚を境に怪我《けが》が多くなったりすると、妻は「さげまん」のレッテルを貼《は》られ、勝ちを重ねだしたりすると、妻は「あげまん」と称《たた》えられる。ネットを検索すれば、どの野球選手の妻があげまんだのさげまんだのといった話題に事欠きません。「まん」に関しては、女性器ではなく、運を意味する「間」が転訛《てんか》したという説もありますが、いずれにしても「セックスする女次第で男の運が決まる」という考えには違いなく、いわば男の運命を「女性器」が握るという発想です。

これを私は「女性器依存」の発想と呼ぶことにしますが、こうした発想は今始まったことではなく、古典文学にもあふれています。

その最古の例が奈良時代の『古事記』（七一二）です。

アマテラスの孫のニニギノ命は、地上に降臨すると、九州の笠沙《かささ》の岬で美女に出会います。美女の名はコノハナノサクヤビメ。彼女に求婚したところ、その父の山の神は、サクヤビメに、彼女の姉であるイハナガヒメを添え、たくさんの結納の品（母系的な社会の当時、結納品は妻側から夫側に贈られる）と共に差し出しました。

ところがニニギは、姉のイハナガヒメを見ると、〝甚凶醜《いとみにく》きに因《よ》りて〟畏《おそ》れをなし、彼女を送り返して、妹のサクヤビメだけをとどめて一夜の契《ちぎ》りをかわします。

これを知った山の神は大いに恥じ、ニニギにこう伝える。

「私が娘を二人差し上げたのは、イハナガヒメを召し使えば天孫の命は雪が降り風が吹こうとも常に岩のようにいつまでも変わらずにいられよう、またサクヤビメを召し使えば木の花の咲くように栄えるだろうと、あらかじめ祈ってのことだ。このようにイハナガヒメを帰らせて、サクヤビメだけをとどめたからには、天孫の御命は木の花のようにはかなくていらっしゃるだろう」

このため彼の子孫の〝天皇命等《すめらみことたち》〟の命は長くないのだ、と『古事記』は言います。『日本書紀』(七二〇)によれば、このように呪《のろ》ったのは父の山の神ではなく、イハナガヒメ本人で、寿命が短くなったのも〝世人《よのひと》〟とあり、人類全体のことになっています。

天皇家、あるいは人類の寿命を、セックス相手の女が握っているというわけです。

この話は「バナナ型神話」の一種で、神が人間に石かバナナのどちらか一つを選ぶよう命じ、石を選べば死なずに済んだのに、食べられるバナナを選んだために人間は死ぬ運命になったといった神話が、ポリネシアなどの南太平洋一帯で語られています(三浦佑之『口語訳古事記　完全版』など)。

日本神話では、ここに「女とのセックス」が絡《から》むのがミソなのです。つまりそこには、

「セックスする女によって男(人類)の運命が決まってしまう」

という、今でいうあげまん・さげまん思想に通じる考え方がある。

しかも、

「美人は花のような栄華をもたらし、ブスは盤石の寿命をもたらす」

と言いつつ、美人によってもたらされた栄華にはさして注意は払われず、「ブスを捨てたために短命になった」というブス女のもたらしたマイナス要素に力点が置かれる。

女が世界に災いをもたらすという考え方は西洋にも見られ、ギリシア神話でもパンドラが瓶（箱）を開けたため、この世に禍《わざわ》いが生まれたといいますが、繰り返すように、日本の場合、良いも悪いも「女とのセックス」が媒介となっており、「女の性」に重きが置かれている。

それもこれも日本がセックス重視のお国柄である上、女が「命」を生み出す存在だからというのが大きいのでしょうが、男がいなければ女が命を宿すこともできないわけで、良いことも悪いことも女の責任、それもセックスした女に帰するというのは、女性器依存も甚だしく、世の中の事象に関して男が自分の責任を回避しているように思えます。

武士はブスと結婚すべし――「醜《しこ》パワー」をベースにした女性器依存の思想

日本神話に見える「ブスは盤石の寿命をもたらす」という考えは、裏を返せば「ブスは人の生死を司《つかさど》る力がある」ということで、拙著『ブス論』ではこうしたブスの力を「醜パワー」と名づけて考察しました。

「醜パワー」をベースにした女性器依存ともいうべき思想は、恋と美に価値を置く平安貴族社会ではなりを潜めていたものの、武士の時代に見直され、絵巻物や文学にしきりに登場するようになります。

戦で死ぬ恐れが常につきまとう武士の世界では、ブスと結婚することによって「醜パワー」を取り込み、武運を高めようと考えられたのです。

私の知る限り、その最も古いと思われる例は、鎌倉時代の『男衾三郎絵詞《おぶすまさぶろうえことば》』（十三世紀末）で、そこには、

〝兵《つはもの》の見目好《みめよ》き妻持ちたるは、命脆《もろ》き相ぞ。八ケ国の内に、優れたらん見目悪がな〟

というセリフがあります。

「武士が美しい妻を持つと短命になるのだ。関東八カ国の中でとびきりのブスを妻にできたらなぁ」

というのです。

願い通り、背丈は七尺（二メートル以上）、髪は縮れ、鼻は大きく、〝へ文字口なる口付《つき》〟（へ文字のような形の口）からはろくなことばも出てこないという極めつきのブスをめとった三郎は、美人と結婚した兄の二郎が山賊に討たれたのをいいことに、残された兄の妻子を使用人にして虐待《ぎゃくたい》します。ここにある、

「ブスと結婚すれば武運に恵まれ、美人と結婚すると武運が拙《つたな》い」

という考え方は、のちの物語にも受け継がれ、室町末期の『師門物語《もろかど》』では、

〝それ弓とりは、みめかたちすぐれたる女性《にょしゃう》をば持たぬことにて候《さうらふ》〟

と、美人妻をもつ息子に、離婚するよう父が遺言します。このへんにくると、ブスの醜パワーを期待するというより、美人と結婚することで、性愛に溺《おぼ》れ、武芸がおろそかになることへの警戒心が強まってきます。

江戸時代の『陰徳太平記』（一七一二）巻第十六でも、戦国武将の吉川元春は、

〝夫《そ》れ一家一国をも治めん者は、第一に慎むべきは好色也《なり》〟

と言って美人を避け、〝武名を発す〟ため、進んで〝世に又なき悪女（ブス）〟である熊谷氏の娘と結婚。熊谷氏のバックアップで〝勇将〟になったと記されています。

武士の世界では、結婚相手である女が男の運を決めるとされていたのです。

ルーツは古代中国？

　これが女なら、セックスする男によって人生は変わると考えたとしても、「男運がない」などといって、もともとそうした運を持たない自身の問題と見なすことが多いものです。

　ところが男の場合、自身ではなく、セックス相手が寿命や運を左右するという考えが、さまざまな文学で見られる。これは一体、どういうことなのか？

　と考えた時、その発想が、日本固有のものではないことに気づきます。

　平安中期の『医心方』（九八四）には、女とのセックスが男の寿命や健康、生まれた子供の地位にも影響するという考え方が見えます。『医心方』は現存する日本最古の医学書ですが、引用されるのはすべて古代中国の医学書。その第二十八巻の「房内」篇と呼ばれる巻の、〝悪女〟（男にとって悪い女）と題する第二十三章には、こんなことが書かれています。

「（中国の）『玉房秘決《ぎょくぼうひけつ》』によると〝悪女〟の〝相〟は、ぼさぼさ髪、赤ら顔、太首、太いのど仏、黒ずんだ歯、どら声、口が大きく鼻高く、瞳《ひとみ》は濁って、口と顎《あご》にヒゲのような長い毛が生えている者。骨太でごつごつして、黄色の髪で肉づきが悪く、陰毛が太くて硬く、また多くて逆さに生えている。こういう者とセックスすると、男は皆、損なわれる」

また、同じく中国の『大清経《たいせいけい》』を引用、

「女を選ぶ方法は陰部と脇《わき》の毛をよく観察すべし」

といい、

「女の陰部が男のようだったり、生理不順の類《たぐい》は、男に最も〝害〟である。赤い髪、赤ら顔、痩《や》せぎす、病気持ちで気力がない、こんな女は男に〝無益〟である」

としています。

男に〝無益〟。

ここまでスパッと切り捨てられると、いっそすがすがしくさえあります。

一方、〝好女〟(男にとって好ましい女)と題する第二十二章では、「男の心や目を楽しませるだけでなく、男の健康を益し、寿命を延ばす女」の条件がこれまた古代中国の書を引用して、これでもかと綴《つづ》られます。そして、

「こうした女とセックスすれば、終夜疲れず、男にとって〝便利〟(有益)であり、生まれた子は富貴になる」

といい、さらに、

「貴人が尊い女を見分ける方法は、肉が滑らかで骨が弱々しく、性格は一途《いちず》で温和、髪が漆のようにつややかで、顔も眼差《まなざ》しもにこやかで美しく、陰部に毛がなく、喋《しゃべ》る声は細く、陰部の穴が前に向かっているといったもので、こうした女とセックスすれば、一日中でも疲れない。つとめてこのような女を手に入れて、健康を養い、〝延年〟(長生き)すべきである」

などなど、あきれるまでに男に都合のいい「処方」が展開されるのです。

雑誌「an・an」の名物特集「セックスで、きれいになる」もびっくりというか……「セックスする女によって男の寿命が左右される」という点では、日本の「女性器依存」説話と根は同じでも、ここには徹底した男本位と女不在、「女性器利用」の精神があります。

こうした中国の書が引用される『医心方』が書かれた十世紀後半の日本は、まだまだ女の発言力も強い貴族の時代ですから、この書が円融天皇に献上されて以来、「秘本」になった(槇佐知子全訳精解『医心方』巻第二十八　序)というのもうなずけます。

一目で分かる性器の具合

日本の「女性器依存」説話が、『医心方』に見える古代中国の「女性器利用」の思想に影響を受けているかどうかは分からないものの、「男の寿命や健康はセックスする女で決まる」といった女性器依存の思想が、「一目で女のセックスの具合を見分けたい」という欲求につながることは想像できます。

『医心方』に見える〝悪女〟〝好女〟の詳細な身体描写は、この欲求に応《こた》えたものと言えますが、その多くは性器の特徴など、実際に女を裸にするなりセックスするなりしないと分からぬ要素です。

しかし、男がよほどの権力者ならともかく、性道徳の強い武家社会などでは、結婚の意味も重く、容易に婚前交渉を重ねることができない。しかも、そうした社会ほど、「男の武運はセックスする女で決まる」といった女性器依存が強いのですから、彼らが何とかして、

「外見から一目で分かる性器の具合……とりわけ女の……を知りたい」

と願っても不思議はありません。

こうして生まれた「法則」が、

「鼻の大きい男はあそこも大きく、口の大きい女はあそこも大きい」などの「性の俗信」ではないか。

あとで触れるように、日本には、この手の性の俗信が数え切れないほどあります。

そしてこうした俗信が見られる最も早い例が、第八章で紹介した『新猿楽記』（十一世紀半ばころ）。平安中期から末期にかけて性愛の地位が低下しつつあったころ、「性に積極的な女」を「エロ婆《ばばあ》」や「淫乱《いんらん》ブス」として醜悪に描いた作品です。『新猿楽記』の主人公の十四女の夫は〝不調白物《ぶてうしれもの》の第一〟（どうしようもない馬鹿者《ばかもの》）でしたが、唯一《ゆいいつ》の取り柄が〝閛《まら》〟が太くて大きいことでした。あまりに大きすぎて〝嫁《とつ》がるる女なし〟（セックスできる女がいない）というほど。

この男の相手をできる唯一の女が十四女で、『新猿楽記』は、

〝件《くだん》の女の姿を見れば〟

と、その容姿を次のように綴るのです。

〝頂《いただき》平にして口甚だ広し。侏儒《たけひき》くして　跗《あなひら》頗《すこぶ》る小さし〟

「口が大きい」というのは、『医心方』の〝悪女〟の条件でもありますが、東洋文庫の『新猿楽記』の注によれば「口の大なるは女陰の大なるを表わすという俗説がある」、さらに「小柄で足の小さいのは、床上手という」と、あります。

こうした「性の俗信」は、橘成季《たちばなのなりすえ》の編纂《へんさん》した『古今著聞集《ここんちょもんじゅう》』（一二五四）巻第十六にも見られます。

伊勢神宮の外宮《げくう》の権禰宜《ごんのねぎ》である度会盛広《わたらいのもりひろ》の妻は筑紫《つくし》出身の女を使っていました。この妻の使用人を盛広は「なんとか我が物にしたい」と思っていた。

そこである日、思い切って妻に、

「その筑紫の女と私を逢《あ》わせてください。どうしても知りたいことがあるのです」

と打ち明けると、妻は、

「これといって見た目がいいというわけでもないし、態度や人柄が優れているわけでもないのに、何が知りたくてそんなことを言うのです」

と尋ねる。盛広は、

「ご存知ないのか。〝つびは筑紫つび〟といって〝第一の物〟という。だから知りたくてこう申すのだ」

〝つび〟は女性器のこと。まんこは筑紫に限るというのです。すると妻は、

「それはおやすいこと。でも、あてにならないと思いますよ。〝まらは伊勢まら〟といって最上の名を取っていますけれど、あなたの〝物〟は〝人知れず小さく弱くて、ありがひなきもの〟ではありませんか。筑紫の女の〝物〟も似たようなものでしょ

う」

そう言われた盛広は口を閉じ、それ以上何も言わなかった。

と、物語は結ばれます。

当時、出身地によって性器の具合が格付けされていたことは興味深い話です。

江戸初期の笑い話集『きのふ（昨日）はけふ（今日）の物語』（十七世紀前半）上巻には、

〝おとこの鼻の大きなるは、かならず、かの物（陰茎）が大きなるといふが、そなたの鼻は大きなれども、かのやつ（陰茎）は小さい〟

と妻が言えば、

〝世上にいひならはし候は、頬《ほう》さきの赤きものは、かならず、へゝ（陰部）が臭いといふが、そなたの頬は白けれど、へゝがくさい〟

と夫が言い返す話もあります。

「鼻が大きい男は陰茎が大きい」「頬の赤い女は陰部が臭い」という俗信がすでにあったわけです。

これらの話はいずれも性の俗信を否定する展開になっているのですが、これが江戸も半ばを過ぎると、性の俗信が無批判にはびこりだします。

狂歌集の『古今夷曲集《ここんいきょくしゅう》』（一六六六）や笑い話集の『無事志有意《ぶじしうい》』（一七九八、烏亭《うてい》焉馬《えんば》）では、頬の赤い女は陰部の臭い女と決めつけられ、好色な川柳ばかり集めた『誹風末摘花《はいふうすえつむはな》』（十八世紀後半）では、縮れ髪の女はセックスがいい、鼻の高い男は陰茎が大きいと決まっています。中には、

〝本尊の罰でちゞれも不あんばい〟（縮れ毛の女を坊主《ぼうず》が囲ってみたものの、仏の罰が当たったのか、セックスの塩梅《あんばい》が悪かった）

というような否定する例もあるものの、「縮れ髪の女はセックスがいい」という俗信が共通認識としてなければ、こうした川柳も生まれませんし、読者も意味が分かりません。性の俗信はここにきて「定着」した感があります。

「女性器依存」と男社会

江戸時代も後半になって、性の俗信がしきりに語られ、普及した背景には、三つの要因があると私は考えます。

一つ目は、性を罪悪視する傾向が強まり、性道徳が厳しくなったこと。

不義密通は、母系的な平安貴族社会では大した罪とはされませんでしたが、男系の血筋を重んじる武家社会では死罪になる恐れもありました。

先にも触れたように、こうした性に厳しい社会、たくさんの異性を試せない社会では、一目で相手のセックスの具合を判断したいという需要が増す上、

「美人妻をもつと色に溺れてしまう↓武芸や政治がおろそかになる」

という発想につながります。

性愛を罪悪視しない平安貴族社会なら、

「色に溺れる＝大いに結構」

となるところが、武家社会では、

「美人と結婚すると武運が下がる」

ということにもなる。

これは、美女を「傾城《けいせい》」と言って、国を傾ける悪者として警戒する多くの中国文学にも通じる考え方で、美人は好色を招くので良くないとした『陰徳太平記』でも、〝国を亡《ほろぼ》し世を乱《みだ》りし例〟として古代中国の美女の名が挙げられています。

そういう女に溺れる男が悪いのではなく、溺れさせる女が悪いというわけです。

あくまでセックス相手の女のせいにするとは女性器依存も甚だしく、こういう社会

で性の俗信が生まれるのです。

二つ目はこれと関連しますが、社会が男本位になったこと。拙著『ブス論』でも書いたように「性に法則性を見出《みいだ》そうとするパターン化の傾向は、男（社会）の特徴」で、先に挙げた『医心方』『新猿楽記』『古今著聞集』など、すべて男性作者の手によるものです。江戸時代も半ばを過ぎると、男尊女卑の儒教思想が普及して、女流文学が盛んだった平安時代と違い、女が発言しにくい社会になっていたことも性の俗信の流布《るふ》を促したでしょう。

三つ目は、交通網の発達により、土地によって異なる人々の気質といったものへの関心が高まったこと。性の俗信には、〝筑紫つび〟〝伊勢まら〟（『古今著聞集』）などお国柄が絡むタイプが少なくありません。とくに江戸後期、『東海道中膝栗毛《ひざくりげ》』（一八〇二～一八二二）の登場で旅行ブームが到来すると、相模《さがみ》の女は〝淫心さかん〟、日《にっ》坂《さか》の女は〝淫心ことの外深し〟（十九世紀半ば『旅枕《たびまくら》五十三次《つぎ》』）などと土地によって女の淫乱度を断定したり、好色な相模女の女性器を表す「相模鍋《なべ》」、やはり好色な播《はり》磨《ま》女の女性器を表す「播磨鍋」（笹間良彦編著『好色艶語《えんご》辞典』）などといったことばも流布します。

好色女を出身地でまで判断して見つけようという涙ぐましい努力……それもこれもスケベ心から出た馬鹿力だと思うと笑えますが……。

時に「昔は良かった」的にユートピアとして語られがちな江戸時代がいかに男本位の社会であったか分かるのが「上は大名から下は、文字さえ読めれば」（中村幸彦『東海道中膝栗毛』解説）というほど広く読まれた前近代最大のベストセラー『東海道中膝栗毛』です。

主人公の弥次さん喜多さんは、女さえ見れば〝ぶっちめてやろふ〟（犯してやろう）と口走るわ、イタコの売春婦とセックスしたあげく、娘と間違えてその母とやったと分かると逃げ出して金も払わないわ、宿で隣り合わせになった新婚夫婦の様子を覗《のぞ》こうとして唐紙を破れば「〝女中〟が悪い」と人のせいにするわ、寝ている瞽女《ごぜ》（盲目の女遊行《ゆぎょう》芸人）を犯そうとして泥棒と間違えられてフンドシを落とすわ、桑名《くわな》の茶屋で名物の焼き蛤《はまぐり》を食べれば、

〝おまへのはまぐりなら、なをうまかろふ〟

と女の尻《しり》を触るわ、湯に入れば、年増女《としまおんな》と思って〝背中を、ながして下せへ〟と自

分から頼んでおきながら、相手が六十の婆と知ると、

〝いま〳〵しい婆々《ばば》あめだ〟

と逆ギレするわ……。

それでも罪にも問われず、最後は〝ハヽヽヽ〟で許されている。許されることを知ってやっているわけで、女にとことん甘えている（繰り返しますが、『膝栗毛』、マイナーポルノとかじゃなく前近代最大のベストセラーですからね）。

あげまん・さげまんに通じる女性器依存の思想も、日本ならではのセックス重視の姿勢に加え、煎《せん》じ詰めればこうした女への甘えが根っこにあるように思えてなりません。

コラム5 究極の女性器依存？——異形の女性器が国難を招く

「女性器依存」と言えば、古代中国の奇談集『捜神記』（四世紀）にはこんな話があります。

「太興年間のはじめ、女性器が腹のヘソの下にある女がいて、国の中央から江東にやって来た。性質は〝淫〟（淫乱）で、子を生まない。また女性器が首にある女が揚州にいて、これも〝淫〟を好んだ」と。

『捜神記』の作者である干宝《かんぽう》は続いて『京房易妖』という古書を引用、「人が子を生んで、女性器が首にあると、天下が乱れる。腹にあると天下に大事が起きる。背中にあると、国に跡継ぎがいなくなる、という」

と解説します。

性器が首や背中にある女がこの世にいるのかという疑問もさることながら、女の性器の位置によって大事が起きるとはどれだけ女性器を過大評価しているのか。

そのすべてが凶事であることや、淫乱でありながら「子を生まない」とわざわざ記されていることにも男の悪意を感じます。

「傾城」ということばと同じで、天下も国もあくまで男のもの。その男のものを混乱に導くのが女であるという発想です。

もっともこの話の前には、頭が二つある馬が生まれ、国政が好ましくない状態になったというような話があって、異形のものが生まれると悪いことが起きるという障がい者差別の発想も色濃い。しかし、それなら男性器の異形の話でもいいのに、そうではないのは、やはり男目線であって、異形の女性器をもつ者が世界の凶事をもたらす的な文脈は、「性の俗信」もいいところ。「性の俗信」が男本位な社会、女性器依存の社会から生まれる一典型という気がします。

第十章　ガラパゴス化した江戸の嫌なエロ——西鶴、近松、南北

戦国時代から安土桃山時代にかけて、日本を訪れたキリスト教の宣教師たちが、日本人のゆるい性意識に驚いたのは有名な話です。

一五六三年から三十年余の間、日本で布教活動に励んだルイス・フロイスによれば、「ヨーロッパでは未婚の女性の最高の栄誉と貴さは、貞操であり、またその純潔が犯されない貞潔さである。日本の女性は処女の純潔を少しも重んじない。それを欠いても、名誉も失わなければ、結婚もできる」

「ヨーロッパでは、妻を離別することは、罪悪である上に、最大の不名誉である。日本では意のままに幾人でも離別する。妻はそのことによって、名誉も失わないし、また結婚もできる」

「われわれの間では、人は罪の償いをして、救霊を得るために修道会に入る。坊主《ぼうず》らは、逸楽と休養の中に暮らし、労苦から逃れるために教団に入る」（『ヨーロッパ文化と日本文化』）

などなど。一五四九年に来日したフランシスコ・ザビエルも、

「僧と尼僧《にそう》は性交しているという話だ」

「僧は言語道断の情欲の限りを尽くし」（ピーター・ミルワード『ザビエルの見た日本』）

などと報告しています。

彼らはキリスト教の宣教師ですから仏教僧に悪意があるのは当然ですが、十五世紀に西日本を旅した朝鮮人外交官の宋希璟《そうきけい》も、訪れた全念寺という寺では、僧尼が同宿し、

「尼は妊娠すると、すぐに父母のいる実家に帰り、産後、寺に帰って仏前に臥《ふ》す」

と記しています（『老松堂日本行録』）。

日本の仏教界では、男色はもちろん、女色も珍しいものではなかったことは第六章「なぜ日本のお坊さんには妻子がいるのか」でも触れました。『おようの尼』（室町末期～江戸初期）のように、僧侶《そうりょ》と尼の破戒話も古典には少なくありません。

それもこれも煎《せん》じ詰めれば、日本での性愛の地位が高いから。神々のセックスで国土や神が生まれたといったことが、お上の作った『日本書紀』のような正史に堂々と記され、『源氏物語』のような皇統乱脈の不倫文学が大古典と崇《あが》められるお国柄ゆえ……と私は考えてきました。

もちろん、中国や朝鮮半島から仏教や儒教思想などの外来思想が伝来しては、日本の性愛観にも影響を与えていたわけですが……。

前世からの宿縁という意味での「宿世」という仏教用語でさえ、「男女のことは前世で決められた宿世なので、何が起きても仕方ない」という何でもありの文脈で使われるなど、欲望肯定の方向に「日本化」してしまう。

そんな日本が、江戸は三代将軍徳川家光の時代になって、ついに「鎖国」を完成させます。

もっとも最近は、鎖国といっても完全に国交を閉ざしていたわけではなく、東アジアとの国際関係は継続していた、鎖国はあくまで西洋との関係から見た概念である……といったことが強調されるようになりました（紙屋敦之・木村直也編『海禁と鎖国』、大石学『江戸の外交戦略』など）。

とはいえ、一六三五年、日本人の海外渡航と在外日本人の帰国が禁じられるまでは、山田長政がシャム（今のタイ）に渡って、東南アジアにも日本町ができたりしていたのに、海外渡航禁止後は、東南アジアの日本町は次々に消えていきます。『『これまで交流のない外国とは新たに国交を開かない』という幕府の方針は確かにあった』（山本博文『外交としての〝鎖国〟』）のです。

キリスト教の禁令と共に貿易規制が強まって、外交も縮小の動きがあったことは事実なわけで、そもそも江戸期の百姓は基本的に、海外どころか、領内から自由に外へ引っ越すこともできず、江戸後期の『世事見聞録』（一八一六）によれば、薩摩《さつま》、肥《ひ》前《ぜん》、阿《あ》波《わ》、土佐などは〝殊《こと》のほか厳制〟でした。

江戸時代が、前後の時代と比べ、内向きだったのは否定できないのです。

本当はエロくなかった西鶴

となると気になるのは性愛事情で、ただでさえエロへエロへと走る日本国民ですから、いわば「ガラパゴス化」した江戸時代はとんでもないことになっていたのでは……と思えるわけですが。

平安古典を読み慣れた目で江戸時代の古典文学を読むと、エロはエロでも、私に言わせれば「嫌なエロ」になっている。

たとえば井原西鶴（一六四二〜一六九三）の『好色一代男』（一六八二）などは、主人公の世之介が何人とヤったかという数やシチュエーションの多様さを誇っているだけに見える。小谷野敦さんは『俺の日本史』で「少しもエロティックではない」と書いていて、我が意を得たりと思いました。『好色一代女』（一六八六）も同様で、当時のありとあらゆるバリエーションのエロが描かれたルポルタージュとしては面白く、「週刊新潮」の色欲絡《がら》みの事件を扱った「黒い報告書」から生々しい性描写を抜いたような感じ。そのリアリティは怪談に通じる凄《すご》みというか、恐ろしさが漂うものの、エロには欠けるふしがある。西鶴の真髄は町人物にあり、

〝俗姓《ぞくしやう》・筋目にもかまはず（家柄や血筋に関係なく）、ただ金銀が町人の氏系図《うぢけいづ》になるぞかし〟（一六八八『日本永代蔵』巻六）

といったセリフは、平安貴族が逆立ちしても言えない。身分制を飛び越える金の力を肯定したところに、西鶴の小気味良さがあります。

エロという点だけで見ると近松門左衛門（一六五三〜一七二五）のほうがエロっぽい。主人の許可なく使用人どうしがセックスしたり、親の許可なく子供がセックスするだけで、密通と呼ばれていた江戸時代、心中という手段で恋を貫く人の姿を描いたこと自体画期的で、有名な、

〝この世のなごり、夜もなごり、死にに行く身をたとふれば、あだしが原の道の霜、一足づゝに消えてゆく〟（一七〇三『曾根崎心中《そねざきしんじゅう》』）という道行き文などは、歌謡曲の傑作といった趣です。

近松には『源五兵衛・おまん　薩摩歌』（一七〇四。以下『薩摩歌』）という笑えるエロ作品もあります。

舞台は京の武家屋敷。草履取りの求人に応募者が集まる中、薩摩から来た源五兵衛は、諸国大名の鑓印《やりじるし》の特徴を歌に乗せてそらんじることで採用が決まります。ＡＯ入試のようなものというか、昔から芸の力で大学や企業に合格することはあったのですね。

そんな源五兵衛は馴《な》れぬ屋敷で、お嬢様の〝小まん〟の部屋に迷い込む。小まんは折しも暑さに寝つけず、

「私みたいに太っているとなお暑い。〝男持って痩《や》せたいぞ〟」

とぼやいていた。夫や恋人を持って痩せたい、セックスして痩せたい、というわけで、雑誌「ａｎ・ａｎ」の名特集「セックスで、きれいになる」の元祖のような発想です。

こうしてお嬢様に見つかった源五兵衛は、

「鐺印の歌など聞きたくもない。薩摩の恋とやらを聞かせよ」

とせがまれます。彼は故郷で叶《かな》わぬ恋をして薩摩にいられなくなり、二本差しの武士の身分から草履取りに成り下がったと、採用試験の際、語っていたのです。源五兵衛曰《いわ》く、末っ子の自分は十三歳で寺に出され、〝魚類《ぎょるい》、女類《ぢょるい》〟は口にせず、〝法然の化身〟と呼ばれていた。ところが檀家《だんか》の娘に〝和泉式部か、小式部の化身〟と呼ばれる美少女がいて、自分を見るたび抱きついてくる。なぜだろうと思案した末、

〝和泉式部の化身めが、この法然の化身と、相撲を望む〟

と思い至り、ある時、墓で裸になって、寺の長老の袈裟《けさ》を腰に締め、

〝さあござれ〟

と女に抱きついた。女も負けずに四つに組み、〝汗水ながして組み合ふ〟うちに、〝何やら囁《ささや》き、呟《つぶや》いて〟いつしかセックスに及んでいた、と。

二人はその後三年間、〝夜昼なし〟のセックス三昧《ざんまい》。結果、噂《うわさ》が広まり、国にいられなくなった源五兵衛は、その美少女〝おまん〟と将来の約束をして、薩摩をあとにしたというのです。

美少女と袈裟をまわしに墓で相撲を取るうちにセックス……その無理やりな設定には呆《あき》れますが、話を聞いた〝小まん〟は、

「その人はおまん、私は小まん。我が身に重ね合わされて涙が出る」

と感動。自分は許婚《いいなずけ》に死なれ、十二で髪を切って後家になったが、

〃男の肌知《はだへ》らずに死ぬる〃

と嘆き、

「そなたをおまんから借りたいが、一夜貸す気はないか。おまんから受けた性の秘伝、この小まんに授けてくれ。手を合わせて拝みます。さあ南無阿弥陀《なむあみだ》、南無阿弥陀、これこの通り南無阿弥陀」

セックスをせがむのに念仏が出てくるとはいかにも日本化した仏教を象徴していて笑えます。

かくして二人は〃恋の闇《やみ》〃に。

ところがそれを奥女中の〃林〃が立ち聞きしていた。林は実は死んだはずの小まんの許婚で、仇《かたき》を討つため死んだと偽り、女に化けていたのです。女姿で、小まんの情事を不義と言い張り、源五兵衛を討とうとする林に、小まんは言います。

「許婚とは気づかなかったが、お前が男とは分かっていた。女同士なのに〃とかく乳を隠したがる〃。さてはこの小まんに思いをかける奴《やつ》、嫉妬《しっと》するかと試しに源五兵衛殿を寝間へ引き込んだが、寝たのは私ではない」

と、蚊帳《かや》から引き出したのは髪結い女中。

林の存在に気づいた小まんは、源五兵衛とセックスすると見せかけて、自分の代わりに女中をあてがっていたのです。源五兵衛はよほどいい男だったのか、女中のほうもまんざらではなく、だましたことを源五兵衛に詫《わ》びると、彼が放ったことばが凄《すご》い。

〝ちつとも苦しからぬこと。小まん様も女子《をなご》、こなたも女子、人間の身に変りなし。たとへばうどんと切麦《きりむぎ》、汁は同じ醬油《しやうゆ》、どちらでもお振舞《ふるまひ》は同前なり〟

うどんと切麦が同じ素材であるように、お嬢様も女中も同じ人間、同じご馳走《ちそう》だ、と。

恥じる女中を「まったく差し支えありません」と慰めているのですが、女なら誰でもいいようにも聞こえ、原文のとぼけた響きも手伝って可笑《おか》しいのです。

結末もハッピーエンドで、心中物で名高い近松にこんな作品があったのかと驚きますが、自然現象や花や動物、あらゆるもので性を表現した『源氏物語』と比べると、エロの質が劣るのは否《いな》めません。

恋愛不自由時代に女性虐待《ぎやくたい》的エロ

江戸時代のエロがレベルダウンしたのは、何と言っても、父から息子へ財産が伝承される父系的な社会となったため、性道徳が厳しくなったからでしょう。「どの父の子か」が重視されるため、女が夫以外の男とセックスするのが重い罪となり、儒教思想の普及も手伝って、とくに女側が色恋を楽しむ環境が減っていたのです。

法制史家の石井良助によると、妻の姦通《かんつう》に関する規定が増えてくるのは戦国時代からで、鎌倉時代の『貞永式目《じょうえいしきもく》』（一二三二）では、妻と密通した男を殺した夫は普通の殺人と同様に処罰されていたのが、天文（一五三二〜一五五五）ころの分国法（戦国大名による法令）では適法な行為と認められるようになります（『日本婚姻法史』）。そして江戸時代の『公事方御定書』（一七四二）では、夫は不義密通を犯した妻とその相手を殺しても、罪を問われないことになる（氏家幹人『不義密通』）。

実際には、間男が夫に金を贈って解決するなどの抜け道はあったにしても、法律的には自由恋愛が制限されていた江戸時代、心中物は命がけのロマンティック・ラブとしてもてはやされました。その一バリエーションが幽霊との恋で、建部綾足《たけべあやたり》の『西山《にしやま》物語』（一七六八）は、仲を引き裂かれ、殺された女が幽霊となって恋しい男に逢《あ》いに来る様を美しく描いています。

綾足の弟子筋に当たる上田秋成の『雨月物語』（一七七六）には、高僧が稚児《ちご》を愛するあまり、死体を〝嘗《なめ》て〟いるうちに喰らい尽くして鬼になったり、それと知らずに蛇女とセックスした男が、人間の妻を得たあとも蛇女につきまとわれるといった怪奇ロマンもある。

が、その多くは、中国文学の焼き直しであって、とくに新味はありません。

江戸時代はこうした翻案小説が盛んな時代で、浅井了意の怪談『伽婢子《おとぎぼうこ》』（一六六六）には中国の『剪灯新話《せんとうしんわ》』（十四世紀後半）からの翻案が多く見られます（三遊亭圓朝による「牡丹灯籠《ぼたんどうろう》」はそこから派生したものです）。

それでもこのあたりはまだましで、江戸時代も後半になると「嫌なエロ」としか言いようのないエロ……女目線が見事に欠けたエロが幅を利《き》かせてきます。

まず恋物語といっても多くは遊女との恋で、しかも父系的な江戸社会では、不特定多数の男とセックスする遊女の地位は、平安・鎌倉時代などと比べると低くなっている。

遊女の弱い立場と、当時の男尊女卑思想もあって、梅暮里《うめぼり》谷峨《こくが》の『傾城買二筋道《けいせいかいふたすじみち》』（一七九八）などは、小谷野敦さんのことばを借りれば、「女性虐待というに近い」（『改訂新版 江戸幻想批判』）。

この話は、うぬぼれ屋の色男が失敗する前半によって、粋《いき》で〝如才なき通人〟のブ男が成功する後半を引き立てる構造なのですが。

〝甚不男《はなはだぶおとこ》〟の文里は女郎の一重のもとに通いつめること三年。冷たくされても穏やかで気前がいいため、一重以外の女郎全員に良く思われていた彼は、一重のいない時を見計らって女郎たちに言います。

「一重さんもよくよく嫌だからこそ長く通っても笑顔一つ見せないのだろう。皆が親切にしてくれるのが嬉《うれ》しくて、またあの子もまだ若いからワガママなのだと思っていたが、あのように欲がないのでは、次第に身詰まりになるだろうと将来が案じられる。もう来ないつもりだけれど、俺が言ってはあの子のためになるまいから、お前方が苦界《がい》（遊女の世界）の仕組みを教えてワガママが直るよう意見してやってくれ」

文里に同情した先輩女郎が一重を責めたところ、彼女は動揺し、一転、愛の証《あか》しとして、文里に小指を切ってみせます。すると文里は、それを女郎が客をつなぎ止める手管と受け止め、激怒するのです。

「欲のない子と思うから悪くされても厭《いと》わず来ていたのに、そんな小指、どこぞへ売って金にしろ」

文里に突き放された一重が自殺を図ると、文里の怒りと疑いは晴れ、めでたしとなるものの。

三十一、二の中年男が周囲を抱き込んで十七、八の一重を追いつめる構図は何度読んでも嫌な感じ。女郎を金で買いながら、気持ちまで求める江戸の廓《くるわ》遊び自体、私には馴染《なじ》めません。

が、この物語、当時の読者には好評で続編が作られ、二編『廓《さと》の癖』(一七九九)では文里に妻子がいることが語られ、三編『宵之程』(一八〇〇)では、文里の妻が、家長である文里の父に「一重を引き取りたい」と申し出て、めでたしめでたしとなる。どこまでも男に都合の良い筋運びです。

ブ男による犯罪的エロ

色男ではなく、ブ男がおいしい役をあてがわれているのも男が喜びそうな設定で、主人公と言えば美男と決まっている平安時代では考えられません。山東京伝《さんとうきょうでん》の『江戸《えど》生艶気樺焼《うまれうわきのかばやき》』(一七八五)が艶二郎というブタ鼻の男を主役にして以来、江戸文芸には「ブ男ブーム」ともいうべきものが到来し、「ブ男と美女の絡み」を素材にした女には嬉しくない物語も増えます。有名な『東海道中膝栗毛』(一八〇二〜一八二二)の弥次さんもブ男で、

〝色が黒くて目が三かくで、口が大きくて髭《ひげ》だらけで、胸先から腹ぢうに、癬《たむし》がべったり〟

という醜く不潔な弥次さんは、旅役者の男娼《だんしょう》だった喜多さんに入れ込み、江戸へ〝欠落《かけをち》〟します。二人はゲイ・カップルなのです。

が、弥次さんは江戸で年かさの女と結婚したり、喜多さんは奉公先で女を妊《はら》ませたりするいい加減さ（今の男性同性愛とは違って、前近代に多い両性愛、いわゆる「両刀づかい」なのです）。当時、主人の許可なく使用人がセックスすることは御法度《ごはっと》ですから、喜多さんは主人にばれぬうち、女を嫁にやってしまおうと画策するものの、産気づいた女はろくな手当も受けぬまま死んでしまいます。やむなく女を〝桶《おけ》〟（棺桶）に入れたところへ、その父親が来たので、桶のふたを開けると、

「首もないし、娘じゃない。胸毛が生えている」

庶民の棺桶は今のように寝かせるタイプではなく、座らせて納めるまさに桶で、そこに遺体を誤って逆さに入れたため、陰毛を胸毛と間違えたのでした。

父親は、

〝ハアそれで落着ました〟

と納得し、弥次さんたちは運直しに伊勢参りへ旅立つ……。

弥次さん喜多さんのセクハラぶりについては第九章でも触れましたが、二人が宿《しゅく》の外れで乗った馬の馬方どもの会話もひどくて、女の小便の音にムラムラした馬方が、

いきなり女にのしかかり、騒ぐ女を黙らせるため餅《もち》を口へねじこんだ。すると女はそれをむさぼり食い、

〝最《も》つとくれろ〟

と言ったので、馬方は餅と間違えて馬糞《ばふん》を口に押し込んでしまったという……。今なら犯罪以外の何物でもない話が、笑える話として綴《つづ》られている。こんなのが前近代最大のベストセラーだったのです。

女不在のグロの世界へ

江戸の文芸は、平安文学などと比べると、セクハラや女性虐待に満ちています。

その傾向は江戸時代が終盤にさしかかるにつれて勢いを増します。

柳亭種彦の『浅間嶽面影草紙《あさまがたけおもかげそうし》』及び後編『逢州執著譚《おうしゅうしゅうじゃくものがたり》』（一八〇八～一八一二）は、美男の主人公を巡り、美人妻が、やはり美しい愛人に毒薬入りの酒を飲ませ、腫《は》れ物だらけの醜い姿にしたあげく、快復した愛人を襲い、左腕を切り落とします。

「今の気持ちはどうだ」と白刃《しらは》を突きつけられた愛人は、にっこり笑って残る右手を差し出し、

「この右手をあの方は枕《まくら》代わりにし、この指で、逢わずに過ぎた夜を数え、私の背を

撫《な》でたのよ。左手より憎いのは右手のはず。さあ存分に切りなさい」と挑発。両腕を切り落とされ息絶えた愛人の祟《たた》りで、妻は〝悪瘡《あくそう》〟ができて狂死するという陰惨な展開です。

もとはといえば愛人がいながら権力者の娘と結婚した夫が悪いのに、男は無傷で、女だけが戦わせられ傷つけ合う。家父長制どっぷりの時代ほど嫁姑《よめしゅうとめ》が敵対する構造と同じで、自分たちが抑圧されていることに気づいていない。気づかされていないのです。

山東京伝の『梅花氷裂《ばいかひょうれつ》』（一八〇七）も似たパターンで、三十路《みそじ》の本妻が、隣の男にそそのかされ、妊娠中の十七歳の妾《めかけ》を丸裸にしてなぶり殺し、その祟りで体中でき物だらけ、

〝脣腐《くちびるくさり》て歯をあらはし瞼《まぶた》もくさりて眼玉飛《めのたまとび》いで〟

という凄《すさ》まじい姿になったあげく、隣の男に酒を飲みながら笑われながら斬《き》り殺されてしまいます。

この時代には、ほかにも、性格の悪いブス妻が入婿《いりむこ》に殺されて祟る『死霊解《しりょうげ》脱《だつ》物語聞書』（一六九〇、残寿《ざんじゅ》）に始まる累《かさね》ケ淵《ふち》怪談が流行したり、ブス妻が美男の入婿に虐待され自殺して祟る『近世怪談霜夜星《しもよのほし》』（一八〇八、柳亭種彦）など、グロい女性

虐待の物語が受け入れられました。

そんな女受難の時代に生まれたのが四世鶴屋《つるや》南北《なんぼく》の『東海道四谷怪談』（一八二五）で、この物語では、美男の伊右衛門《いえもん》が、はじめはお岩と駆け落ちするほど愛し合っていたところに新味があります。

伊右衛門は、舅《しゅうと》の反対を押し切って美しいお岩と結婚し、憎まれ口を叩《たた》きながらも、産後のお岩のために飯を炊《た》くなどしていた。ところが伊右衛門に横恋慕する娘の祖父が、産後の薬と偽って、お岩に醜くなる薬をのませてしまう。その事実を知らされた伊右衛門は半ば捨て鉢になって娘との結婚を承諾、醜くなったお岩を虐待します。すべてを知ったお岩の絶望と怒り……美は醜に、愛は憎しみに転じ、血を分けた我が子さえ見殺しにする。

累説話《かさねせつわ》でも女の祟りで夫の子らは死んでいきますが、それらは後妻の子供たち。ところがお岩の死霊は夫憎さに、子を見殺しにするばかりか、死んだ我が子を生きているかに見せかけて、夫をぬか喜びさせ突き落とす。我が子を夫に復讐《ふくしゅう》する道具に使っているのです。

幽明境《ゆうめいさかい》を異《こと》にすると、男への愛執の前には、「子供のことまで深く思いが至らない」（「若菜下」巻）と言った『源氏物語』の六条御息所《ろくじょうのみやすどころ》の死霊さながら。『東海道四谷怪談』では男の幻想する女は姿を消して、リアルな「女」の姿が立ち上がっています。

ここに至って江戸文学のエロはようやく女目線を獲得し、平安文学のレベルに近づきました。黒船来航まで余すところ二十八年、幕府滅亡まであと四十二年のことです。

第十一章　河童《かっぱ》と男色――なぜ昔の河童は可愛くないのか？

ここ数年、カッパのコタロウというゆるキャラにはまってます。コタロウは、墨田区のスカイツリーのふもと北十間川《きたじっけんがわ》に住み着いている小河童という設定で、人間でいうと小学二年生に相当し、子供たちの人気者となっています。ほかにも、志木市のカパルなど、河童のゆるキャラは数知れず、いかに河童が日本人に愛されているかが分かります。

が、河童は実のところ、そんな人気者の顔からは想像できないダークな一面をもっています。

第一に河童のターゲットは「尻《しり》」です。

河童は厠《かわや》に現れて人の尻を撫《な》でたり、川遊びをする子供の「尻子玉《しりこだま》」を抜いて溺《おぼ》れさせる上、昔話や伝説には、女を妊娠させたり、田に水を引く手伝いをする代わり、娘の婿《むこ》に収まろうとする河童も少なくありません。

しかも、昔の文芸に描かれる河童の姿は今のゆるキャラと違って、可愛らしさはほとんどない。

水かきと頭の皿は今の河童と同じですが、猿と亀《かめ》とミイラを足したような風体で、いかにも水中の妖怪《ようかい》という趣です。

なぜ昔の河童はグロテスクなのか。

そしてエロいのか。

民俗学者の柳田國男によれば、河童は水の神の「零落」したものといいますが（『妖怪談義』）、「水神から河童への変化は時代を追って生じたゆるやかなものではなく、江戸期に突然変異のようにして起こった急激なもの」（飯倉義之編『ニッポンの河童の正体』）でした。

飯倉氏によると、情報ネットワークが飛躍的に発達した江戸時代、自然界の物産情報が、中国由来の「本草学《ほんぞう》」の対象となって、知識人のあいだで情報収集・交換が行われると同時に、妖怪ブームも手伝って、河童のイメージが成立したといいます。

水辺に住む、頭に皿がある、相撲好き、人の尻子玉を抜くといったイメージです。

『河童尻子玉』

が、それにしてもなぜ江戸時代になって、河童は突如、水の神から零落し、エログロな姿に描かれたのか。

その謎《なぞ》を考えた時、江戸期の文芸に描かれる河童が、多く男色と結びついていることに気づきます。

男色と河童

基本的に「河童は女が好き」（大野芳『河童よ、きみは誰なのだ』）です。

昔話の河童が人の仕事を手伝うのはたいてい娘との結婚が目的だし、浮世絵には喜多川歌麿の「歌まくら」に見るような、海女《あま》を二人がかりで強姦《ごうかん》するエロ河童が描かれたりもします。

が、江戸時代、「娯楽メディアで戯

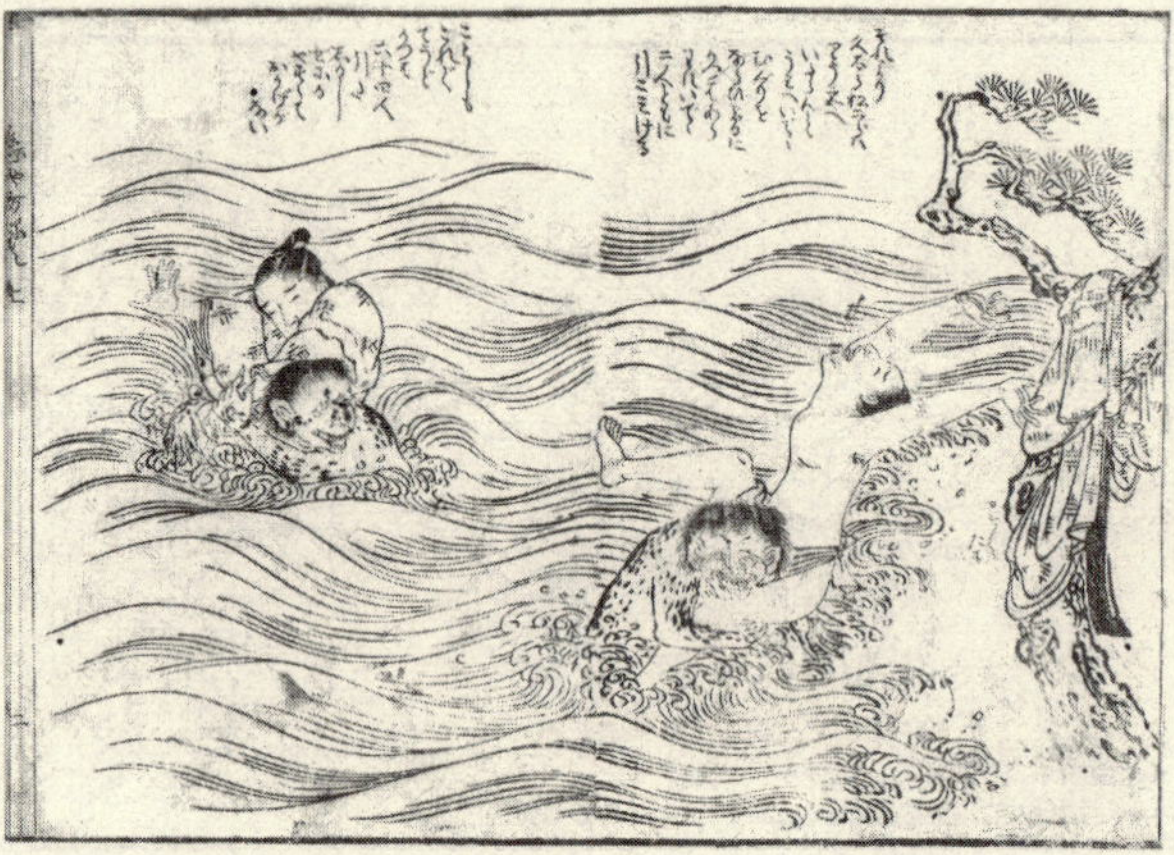

『亀屋万年浦嶌栄』

画的に扱われるのは、圧倒的に男色の河童」（飯倉氏前掲書）でした。

肛門《こうもん》にある尻子玉を狙《ねら》うといった河童の性質が、肛門性交を行う男色と結びつきやすかったのでしょう。

江戸期、とくに十八世紀には、エレキテルの製作や本草学などで知られる平賀源内が風来山人の名で書いた『根《ね》南志具佐《なしぐさ》』（一七六三）、深川錦鱗の『亀屋万年浦嶌栄《うらしまさかえ》』（一七八三）、十返舎一九の『河童尻子《かっぱのしりご》玉《だま》』（一七九八）など、多くの男色河童の話が描かれます。

そして、これらの河童は、源内の『根南志具佐』を除くと、皆、グロテスクです。

『河童尻子玉』(挿絵209頁《ページ》)は、その名も釜太郎《かまたろう》という美少年が十五歳の折、平将門《たいらのまさかど》に気に入られ大臣に出世する物語ですが、偉くなった釜太郎は〝ありふれたおいど(お尻)〟では済まぬというので尻に金箔《きんぱく》を張り、〝尻ばかりぴか〳〵と光る〟身となります。ところがこの目立つ尻があだとなり、釣りをしていたところを河童に襲われ、〝尻子《しりご》の玉〟を抜かれてしまう。河童は長い舌を出した爬虫類《はちゅうるい》顔で、この河童に尻子玉を抜かれたことが、嫉妬《しっと》深い将門に「河童との浮気」と見なされて、釜太郎は流罪《るざい》に処せられてしまうのだから理不尽です(最後は尻子玉も将門の愛も戻ってめでたし、となる)。

『亀屋万年浦嶌栄』(挿絵210頁)は、浦島太郎が、男色河童にさらわれた子供らを救い出したはいいものの、〝亀屋〟という男色茶屋を開いてその子供らを働かせるという、笑えぬ落ち。その男色茶屋には、人間に化けた河童も子供らを買いに来ています。ここに出てくる河童がまた老いた猿のように皺《しわ》くちゃの醜い顔だちとおぞましい体つきをしています。

唯一《ゆいいつ》、やや可愛らしいのが『根南志具佐』(挿絵212頁)の河童で、先の二話の河童たちがいずれも少年を無理にさらったり襲ったりしているのに対し、この河童は少年と対等に愛し合い、しかも少年の命を救っているのです。

『根南志具佐』

『根南志具佐』のけなげな河童

『根南志具佐』の舞台は地獄。閻魔《えんま》王庁に連行された二十歳ばかりの僧侶《そうりょ》が、手かせ首かせをされながらも、腰の周りになにやら服紗《ふくさ》に包んだものを携えている。この僧侶は、若女形の瀬川菊之丞《きくのじょう》に入れ込むあまり、師僧の金をかすめ取り、寺の道具や仏像まで金に換えたあげく、座敷牢《ざしきろう》で恋死にし、地獄へ堕《お》ちて来た。忘れ得ぬは菊之丞の面影というわけで、肌身離さずその絵姿を腰に携えていたのです。

この絵姿を、閻魔王庁の面々で「見よう」ということになる。が、

「男女の道は〝陰陽自然《いんやうしぜん》〟にかなっているが、男が男を犯すことは決してあってはならぬ罪だ」

と、男色を嫌う閻魔王だけは、「俺は見ない」と目を閉じていた。

ところが……絵姿のあまりの美しさあでやかさに、どよめきの声が鳴りやまぬため、閻魔王が思わず目を開いて見たところ、魂が抜けたようになって、

「冥府《めいふ》の王位を捨て娑婆《しゃば》に出て、この者と枕《まくら》をかわしたい」

とまで言いだす。閻魔王に冥府を去られたら困るのは地獄の面々。会議の結果、菊之丞の船遊びに乗じ、彼を亡《な》き者にして地獄へ連れて来ようということになるのだから、ひどい話です。

川遊び→水→龍王の領分ということで、閻魔王に菊之丞連行を仰《おお》せつかった龍王は、水府に案件を持ち帰り会議を開くものの、適任者が見つからない。じれた龍王が、

「この上は自ら雲を起こし雨を降らして菊之丞をひっつかみ、閻魔王へ奉《たてまつ》ろう」

と波を蹴《け》って立ち上がったところ、その腰を〝むづ〟と抱く者がいる。

〝何者なるぞ〟

と振り向けば、

〝天窓《あたま》に皿を戴《いただき》たる水虎《かっぱ》(河童)〟

であった。

「おのれ、〝下郎〟の分際で出過ぎた真似《まね》を」

と怒る龍王に、

「私はかろうじて御門番を相勤め、塵《ちり》より軽い足軽ですが、忠義においては高給取りの方々にも劣りません」

と、河童。このことばに龍王は顔を和らげ、

「もとよりお前のことはとうに気づかぬわけではなかったが、お前には〝若衆好《わかしゅずき》〟（男色好き）の評判があれば、〝猫にかつをの番〟（危険なたとえ）とやらで、不安要素はあるものの、只今《ただいま》の忠義にめで、大事の役目を申しつける。頭の水が続く限り、ぬかるでないぞ。早《はや》急げ」

というわけで、河童は菊之丞のもとへと向かいます。

が、案の定、河童は菊之丞と恋仲になり、役目を果たせなかったため、『根無草《ママ》後編』では、閻魔王に蹴殺され、その亡魂は娑婆をさまよい、人の体を借りて〝男色《なんしょく》千人切《ぎり》の馬鹿《ばか》を尽《つく》す〟という、悲劇とも喜劇ともつかぬ末路が待っているのです。

男色の歴史と暗黒面

高給を取りながら役にも立たぬ上流階級、無駄な会議といった政道を暗に揶揄《やゆ》しながらも、バカバカしさに満ちたこの娯楽小説で、注目すべき第一は河童が〝若衆好〟

と断定されていること。

第二は河童が少年と対等に恋愛している点です。

他の男色河童モノでは、河童は少年を襲ったり買ったりする悪役ですが、『根南志具佐』の河童は、二十四、五の〝色白く清らな〟美男子に化けて、菊之丞の心をつかみます。

しかも河童は菊之丞との恋の果て、その犠牲になって死んでいる。

これは、美少年を犯す他の男色河童モノや、女を犯す浮世絵の好色河童が基本的に「加害者」であるのと大いに異なる点で、これこそが、この河童が当時の河童としてはやや可愛らしく描かれた理由と私は考えます。

文芸では、基本的に善役は美しく、悪役は醜く描かれるものです。

浮世絵研究家の白倉敬彦によれば、

「春画では、無体を働く男はすべて醜男《ぶおとこ》に描くという決まり」(『春画に見る江戸老人の色事』)がある。

江戸時代の河童が醜いのは、当時の男色が世間からどう見られていたかと関係しているのではないか。

と言うと、日本＝男色天国のイメージを抱く人は意外の感があるでしょうが、乃至政彦の『戦国武将と男色』によれば、日本における男色は、決して手放しで賛美されていたわけではないといいます。まず男色が「戦国武将の嗜《たしな》み」というのは江戸時代にできた二次史料から生まれた説で根拠が薄く、その二次史料にしても「主従の武家男色を肯定的に扱っているものは意外なほど少なく」、江戸初期には毛利家や上杉家、吉川家、池田家、幕府も、男色を禁じる命令を出したことがあると乃至氏は指摘します。

確かに、江戸の遊里の内情暴露本ともいうべき『諸《しょ》遊《ゆう》芥《け》子《し》鹿子《がのこ》』（十七〜十八世紀？）を見ても、

「〝御城下〟によって、〝売わかしゅ〟（若衆売春）を厳しく取り調べの対象にしている所」

があるとされ、そこでは、若衆（男娼《だんしょう》）はつづらに入れられ座敷へ参り、酒宴もないまま、〝床ばかりのつとめ〟をさせられる、とあります。

逆にいうと、江戸時代には、男色による風紀の乱れを為政者が案じるまでに、男色が隆盛を極めたわけです。

ここで男色の歴史を振り返ると、男色はもともと僧侶や貴族など、一部の上流階級のあいだで盛んでしたが、室町時代あたりから上層武士たちに取り入れられ、十六世

紀中ごろから十七世紀初期には「身分・地方を問わず、多くの武士に男色が普及する」(乃至氏前掲書)。さらに徳川初期には「男色の商業化が急激に」進み（ゲイリー・P・リュープ『男色の日本史』)、武士階級だけでなく、財力をつけた町人も「参入」します（リュープ氏前掲書)。

井原西鶴の『好色一代男』（一六八二）の世之介が、五十四年間に戯《たわむ》れた女は三千七百四十二人、男色相手の少年は七百二十五人といい、〝女色《ぢよしよく》・男色《なんしよく》、この二色《ふたいろ》〟（一六九三『西鶴置土産』巻二の一）といわれるように、男色は女色と並ぶ、富裕層の楽しみになるのです。

文学者にも男色愛好家は多く、松尾芭蕉は〝われもむかしは衆道《しゆだう》ずき〟（一六七二『貝おほひ』序）と男色好きを公言しているし、『根南志具佐』を書いた平賀源内は「子供屋」(男色茶屋）の「常連客」(リュープ氏前掲書）で、『江戸男色細見』なる男色遊びのガイドブックも出している。先の『根南志具佐』には〝男色盛ンの時節〟ともあって、当時の男色の隆盛ぶりがうかがえます。

前近代最大のベストセラー『東海道中膝栗毛』（一八〇二～一八二二）の主人公も男色と女色の「両刀づかい」でした。陰間《かげま》役者の喜多さんに弥次さんが入れ込み身代を傾け、駆け落ちしたという設定ながら、二人は旅のあいだ中、女の尻を追いかけています。陰間とは本来、まだ舞台に出ない少年の歌舞伎《かぶき》俳優のことで、売春を兼業することが多かったため、男娼を意味するようになりました。物語には、葭町《よしちょう》（芳町とも書く）という、男色茶屋が多く立ち並ぶ歓楽街の名も出てきます。

江戸には葭町のほかにも、八丁堀代地、葺屋町《ふきやちょう》、神田英町、木挽町《こびきちょう》、麴町《こうじまち》天神、禰宜町《ねぎちょう》、日本橋、湯島天神などに男色茶屋があり、十八世紀中ごろには「葭町だけで百人を超える男娼を雇っていた」（リュープ氏前掲書）。

渡辺信一郎によると、葭町での男娼との遊興費は「吉原の最高の女郎よりも値がはる」ものの、「男娼としての盛りは短かく、十二、三歳から四、五年間で」「これ以後は男性客の相手はさせられず、女性客専門の男郎となりさがる」（『洒落本《しゃれぼん》大成』第19巻付録「芳町」）といい、男色が、女色と比べると贅沢《ぜいたく》な遊びであったことが分かります。

このように、江戸期には男色が盛んだったわけですが、そもそも当時の男色は、男が好きで女とはセックスしたくないというよりは、女も好きだが男も好きだという、弥次さん喜多さんのような「両刀づかい」が大半で、年長男性が年下の少年を、女郎よろしく、「子供屋」とか「陰間茶屋」と呼ばれる男色茶屋で買うことが主流でした。

乃至氏によれば、

「中近世の男色とは、同性愛であるより前に小児性愛であった」（前掲書）のです。

しかも男娼となる少年にはたいへんな苦労があり、先の『諸遊芥子鹿子』によれば、〝野郎〟（男娼）がはじめて〝玉茎〟（陰茎）を肛門に通されるのは数えで十三歳の盆前がお定まり。女郎と違って押し黙っているだけでは座が持たぬので、床へ入るまでの座興として、尻が〝いたむ〟と知りながら酒をし過ごす様はまさに〝命をけづるつとめ〟。女郎は客を振ることが許されるものの、野郎はそういうわけにいかず、客の一物が大きい場合は、〝安入散〟という潤滑剤を自分の尻にも相手の一物にも塗りがてら、手で相手の陰茎をしごいて臨むことで、事が早く終わるようにする。

女に買われる時もいいことばかりでなく、野郎を買うほどの女は〝好開高《すけべい》〟で年もいっていて〝むごいめ〟にあうこともあったのです。

エログロ河童は男色のマイナスイメージの反映？

男娼にはさまざまな苦労があったことが分かりますが、僧侶が女犯《にょぼん》の罪を免れるため、寺院に置いた稚児《ちご》にも似たようなものがありました。

『稚児草子』（稚児之草子、稚児草紙とも。一三二一書写）には、一物《いちもつ》が弱くなった老僧のために、あらかじめ肛門に香油を塗ったり、乳母子《めのとご》に肛門を広げてもらったりして、すんなり性交ができるよう努力する稚児の姿が描かれます。身分の低い稚児の中には地方から売られて来る者もいました。牧英正によると、中世の文芸には、都から幼い者を買って行く話が多く、その背景には、男色があったといいます。牧英正によれば、法制史家の滝川政次郎は、「人商人が都の者を東国に連れ行くのは男色が目的だと主張」（『人身売買』）していたというのです。

こうした人身売買は、江戸期になると、遊女の年季奉公という形を除くとなくなるわけで、男色が隆盛を極めた江戸期はまた、男色の暗黒面が注目された時代でもあったのでしょう。

乃至氏によれば、寛永年間（一六二四〜一六四四）成立の『田夫物語』では、若衆が一物を入れられ痛みに苦しみ、「痔《じ》を煩《わずら》い」、がに股《また》になって、杖《つえ》をつくような目にあう様が「見ていて苦しいものがある」とされ、「若衆との交わりが、性虐待《ぎゃくたい》であることが書かれている」といいます。

思うに、江戸期に急浮上した河童が、男色と結びついたのは、ひょっとしたら、「少年に対する男色はむごいことだとの認識」が江戸期に芽生えだしたというような乃至氏が指摘する事実……男色の悪いイメージと関連しているのではないか。

もちろん、河童は男色とばかり結びついているのではありません。

基本的に河童は女好きだし、きゅうりを盗んで縛られる河童、詫《わ》びのしるしに証文や妙薬をもたらす河童等々、いろんな河童がいるのですが、どんな河童にしても、その姿が醜悪に描かれる時は、人に迷惑をかける嫌われ者として見下す気持が背後にあります。

唯一、源内の描く河童が可愛らしいのは、源内が「単に衆道好きだっただけではなく女嫌い、あるいは『女色嫌い』（リュープ氏前掲書）の真正の男色家だったからで、彼にとっては男色がこの上もなく素晴らしいものであり、また実際に、彼自身、自分の作品の男色河童のように、相手の少年を心から愛し、大事にしていたからではないか。

江戸時代の文芸に描かれる醜悪な河童は、それが女色であれ男色であれ、強者（年長者・権力者・男）による弱者（年少者・非権力者・女）への一方的な行為という、性のあり方を表しています。ということは、男色河童が可愛く描かれているかそうでないかによって、作者の男色観が分かるのではないでしょうか。

河童と被差別民

江戸時代の河童が醜いのは彼らの「地位の低さ」も関係するでしょう。河童は水神の零落したものといいますが、『根南志具佐』では、水神の王である龍王に〝下郎〟と罵《ののし》られる、水府の最底辺の存在でした。

それで思い出すのは、小松和彦の唱えている河童＝被差別民説です。

河童がどこから来たのかという起源を語る説の中で最も多いのは「人形起源説」。大工が困難な仕事をするための手伝いとして、呪術《じゅじゅつ》で人形を働かせたあげく、用済みになった人形を川に捨てたところ、河童になったという説です。小松氏は、この人形起源伝承と「ほとんど同じ伝承が『非人』『河原者』の起源伝承として江戸時代に語られていた」と指摘。ここから、

「河童は、妖怪視され賤視《せんし》された『非人』『河原者』へのイメージを核にしつつ、それにカワウソやスッポンや猿などのイメージが賦与されて造形された妖怪なのであって、それゆえに近世に登場した妖怪であったのである」（小松和彦編『怪異の民俗学3　河童』）

としています。

河童が江戸時代に突如、現れた理由もこれなら納得がいきます。河童が醜悪に描かれたのは、神話で被征服民が「土蜘蛛《つちぐも》」という人ならぬものとして蔑《さげす》まれたのと似たものがあるのでしょう。

河童に男色が多いのも、江戸時代の男娼が、河原者と蔑まれた役者を中心としていたから、という一面があったのかもしれません。

河童はなぜエロいのか——美女の厠に現れる神

最後に河童はなぜエロいのか、これは河童の先祖が神であることと関係すると私は考えます。

『古事記』によれば、三輪のオホモノヌシノ神は、丹塗り矢に化けて、〃大便〃しようとしていた美女の〃ほと〃をつつき、その後、美女とセックスをして、生まれた娘は神武天皇の皇后となる。また、ハルヤマノカスミヲトコという神も、美女の厠に弓矢をかけ、弓矢が藤《ふじ》の花に変じたのを不思議がって美女が持ち帰った、そのあとをつけ、セックスに及びます。

神はセックスによって人や他の神とつながっていたわけで、そのきっかけとなる場所は、しばしば無防備に下半身をさらけ出す厠でした。こうした神の行為と、厠で人の尻を撫でるという河童の行為は通じるものがあります。

あるいはまた、「美しいものが好き」とされる龍神や龍王の性質とも関係するかもしれません。


『源氏物語』には、須磨《すま》で謹慎中の源氏が、暴風にあった時、得体の知れぬ者が来て、

「なぜ宮からお召しがあるのに参られぬのか」

と自分を捜し回っているという夢を見て、こんなふうに思う箇所があります。

「さては〝海の中の龍王〟が〝いといたうものめでするものにて〟（美しいものが極端に好きなので）魅入られてしまったのだ」（「須磨」巻）

龍王のような水の神は、美男子を愛《め》で、水に引きずり込む神と考えられていたのです。

稚児と僧侶の男色愛を描いた稚児物語の中では最古の部類に属する『秋夜長物語』（一三七七以前？）でも、龍神が天狗《てんぐ》にさらわれた稚児を救うものの、せっかく助かった稚児は結局、川に飛び込んで死んでしまいます。これも水の神に魅入られたのだというのが私の考えです。

河童の前身とされる、龍神、龍王、海神、川の神といった水の神の仲間は、人を水に引き込む神として古典文学に描かれることが多く、『源氏物語』の巻名にもなった

「橋姫」伝説でも、二人の妻をもつ男が龍王に愛でられて婿《むこ》になるし、浦島太郎も、『丹後国風土記』の逸文によれば、〃姿容秀美《すがたうるは》しく、風流《みやび》なること類《たぐひ》なかりき〃という美貌《びぼう》を神女に愛でられ、海の仙都（いわゆる龍宮）に連れて行かれたものです。

河童のエロさは神のエロさに源流があり、美しいものを水に引き込むという水の神の性格が、河童が人の尻子玉を抜くとか、人を溺れさせるといった伝承につながり、男色好きといった性質に受け継がれているのです。

コラム6　芸能と性

日本のセックス・キャラクター

河童に限らず、日本の古典的なキャラクターには、性の香りが漂うことが多いものです。

おかめの先祖は日本神話でストリップまがいの神楽《かぐら》踊りをしたアメノウズメだし、『東海道中膝栗毛』などによると、熱田《あつた》神宮あたりの宿場の下級女郎は〝おかめ〟と呼ばれていました。

中央の凹《へこ》んだおかめの顔を女性器になぞらえた民芸品を見たこともあります。

天狗はもともと中国では流星もしくは隕石《いんせき》を意味したもの（杉原たく哉『天狗はどこから来たか』）、日本の天狗の元祖といわれるサルタビコの鼻は、『日本書紀』によると〝七咫《あた》〟（咫は約十八センチ。単純計算すると約一・三メートルだが、ここは長い意）と長大で、

「男性のペニスを暗示する面もあると思われる」（同前）

というのは誰しも感じるところでしょう。おかめと天狗のカップルが夫婦和合の象徴として、お祭などで滑稽《こっけい》な動作を披露することも少なくありません。

日本の古典的なキャラクターのエロさには、性愛を重要視する日本のお国柄、海山の幸や五穀豊穣《ほうじょう》を祈って性器の形の作り物を奉納するなど、「ものを増やすにはセックス」という考え方がベースにある。しかも、性を罪悪視する外来思想が入ってきても、それを「日本化」して、いつのまにか肯定するという日本人の快楽主義的な傾向が、キャラクターのエロ化に拍車を掛けているという気がします。

芸能と男色

ついでに芸能と男色の関係に触れると、室町時代、猿楽（能。世阿弥《ぜあみ》は〝中楽《さるがく》〟と称しています）を大成させた世阿弥が、十二歳の時、足利義満将軍に見出《みいだ》され、愛顧を受けて、世に出たのは有名な話です。

義満は世阿弥を寵愛《ちょうあい》するあまり、同じ桟敷《さじき》で祇園《ぎおん》の神輿《みこし》を見物、それについて、貴族の三条公忠は、こんな猿楽は〝乞食所行〟とけなしながらも、将軍の意向を汲《く》んだ大名がこぞって彼に財産を与え、巨万の富を尽くす様を日記に書き記していま

す（『後愚昧記《ごぐまいき》』永和四〈一三七八〉年六月七日）。

将軍がパトロンについたことで、猿楽の地位が一気に上がったわけで、それは世阿弥の性的魅力によるところも大きかったでしょう。世阿弥が大変な美少年だったことは、時の文化人二条良基も書き記しているところで、堂本正樹によれば、「美童は時代の好尚であり、特に猿楽の保護者たる大社寺の大衆が傾倒する、伝統的な『性』であった」（『世阿弥』）

大寺院では、平安時代ころから稚児による芸能（延年）が行われており、猿楽とも密接な関係があった。そうした延年にしても猿楽にしても、美少年の「性」的魅力が大きな役割を果たしたというわけです。

芸能を生む性の力、それを支える権力者

日本では古典文学のみならず、芸能における「性」の力は大変大きなものがあり、そもそも世阿弥が〝申楽の始め〟（『風姿花伝』）としたアメノウズメの〝神楽〟も、〝胸乳《むなち》〟を出し、ボトムの紐《ひも》を〝ほと〟（女性器）まで垂らして舞うという性的なものでした（『古事記』）。

平安末期から鎌倉時代にかけて流行した白拍子は遊女が男装して歌い舞うもので、

彼女たちが平清盛、源義経や後鳥羽院といった権力者の愛人になって威勢を誇っていたことは、『平家物語』や『承久記』、『吾妻鏡《あづまかがみ》』などからうかがえます。

江戸時代に盛んになった歌舞伎も「性」とは切っても切れない関係がありました(→コラム7)。

時の権力者や財産家は、芸術家と性的な関係を結ぶことで、性愛あふれる文芸を積極的にサポートしていたのです。

江戸幕府は例外ですが、江戸時代、財産を握り、文芸に金を出していた最大勢力は、武士より商人でした。第一章の末尾でも書いたように、日本では、各時代で最も力を持つ層がエロを支えていました。

日本の文芸は「日本人のエロ志向が生んだ」というのは、決して誇張ではないのです。

第十二章　「外の目意識」が招いた「エロの危機」
――「処女膜」の発見が招いたもの

「外の目意識」がもたらす国の発展とエロの危機

近年、日本の良さや凄《すご》さを、外国人、それも多くは白人に語らせるテレビ番組がやたらと目につきます。

二〇二〇年に開催予定の東京オリンピックを見据えてということもあるのでしょうが、気になるのは、オリンピックに向けて、歌舞伎町《かぶきちょう》など風俗街の「浄化」が準備されているらしきこと（「日刊ＳＰＡ！」2013.10.21 ニュース「２０２０年までに新宿歌舞伎町は〝浄化〟されるのか？」）。

オリンピックに向けての町の「浄化」は一九六四年の東京オリンピックの際にも行

われたことで、国が大会成功のために「最も力を入れていたのが『公徳心を高める』運動」（波多野勝『東京オリンピックへの遥《はる》かな道』）でした。大会組織委員会は、都民が遠来の客を「あたたかく迎え」るよう、「とくに老人や婦人、子供をいたわり」、町の美観を保つための「申し合わせ」をし、警察による無許可の屋台や売春者を捕らえるなどの「浄化対策」が「急ピッチで進んだ」のです。

ここには、防犯上の必要性もさることながら、

「外国人に見せても恥ずかしくない日本」

というものが強く意識されています。

ともすると「内の目」ばかりになりがちな島国の日本人が「外の目」を気にする意識……これを私は「外の目意識」と呼ぶことにします……は、千年以上前からあったもので、これこそが日本を大きく発展させた原動力でした。同時にそれは、「エロの危機」をもたらしていたのです。

日本人にとって長らく気にすべき「外」とは中国で、律令制《りつりょうせい》の導入や都市計画など、すべて中国をお手本にしていました。

飛鳥・奈良時代の日本人は中国に追いつけ追い越せの精神で国を発展させ、律令では、中国の儒教に基づく男尊女卑思想や厳しい性道徳を踏襲し、

「婚姻外の男女の情交は、和姦《わかん》・強姦を問わず、また配偶者の有無を問わず、すべて姦罪として処罰の対象」（日本思想大系『律令』補注）とした。

当時のインテリはそうした厳しい性の規範を日本でも通用させたいと考えていたわけで、ここに一つの「エロの危機」があったわけですが、

「婚姻のほとんどは先《ま》ず男女の情交から始まった」古代日本の実情とかけ離れていたため、

「これらの条文は、現実には殆《ほと》んど機能しなかったと思われる」（前掲書）

という結果に終わります。

そして平安時代になると遣唐使も廃止され、「国風文化」と言われるように、日本独自の世界がふくらんでいき、本来のエロ大国ぶりが戻ってくる。

それが江戸後期以降、日本人にとっての「外」が「西洋人（白人）」になり、明治国家が西洋化（白人化）を選ぶことで、日本史上最大とも言える「エロの危機」が訪れます。

誤解しないでほしいのは、儒教や西洋文明がもたらされただけでは「エロの危機」は起きないという点です。

危機をもたらすのはあくまで日本人自身。

エロを否定する相応の時代背景が熟し、かつ「外の目意識」が発動して、はじめて「エロの危機」はもたらされるのです。

尊ばれなかった純潔

たとえば、「処女」を巡る日本人の意識の変化を見ていくと、そのことが浮き彫りになります。

前近代の日本人が処女性に重きを置かなかったというのは、さまざまな著作からうかがえます。

平安中期の『源氏物語』では、東宮（のちの朱雀帝《すざくてい》）に入内《じゅだい》予定だった朧月夜《おぼろづきよ》が、源氏と関係後、尚侍《ないしのかみ》として宮廷に仕える形で、朱雀帝の最愛の寵姫《ちょうき》となる設定です。しかもその後も源氏と密通を続け、それを知った朱雀帝は咎《とが》めもしません（朧月夜の姉で、朱雀帝の母弘徽殿《こきでん》は怒って、源氏を須磨流謫《るたく》に追いやるのですが）。

現実でも、村上帝は、兄の正妻として二女をもうけた藤原登子を、中宮（登子の姉でもある）の死後は後宮に迎え、『栄花物語』巻第一によれば、「人の子供などをお生みでなければ〝后《きさき》〟（皇后＝中宮）の位に据えたものを」と残念がったといいます。

平安貴族と比べれば性道徳の厳しい武家の社会でも、離婚・再婚は非常に多く、「大名百家・旗本百家を分析した浅倉有子氏の研究」によれば「全体で離婚率は一一・二三パーセント、再婚率も五八・六五パーセント」（高木侃『三《み》くだり半と縁切寺』）にも及びます。

再婚が多いというのは、妻が処女でなくてもオッケーということで、「『貞女二夫にまみえず』式の貞操観」を、武士の妻が実践していたかというと「正反対であった」（高木氏前掲書）のです。

そんな日本人が「処女」を意識する画期が歴史上、三回あります。

一回目はキリスト教が伝来した戦国時代。

『どちりなきりしたん』はキリスト教を日本人向けに師と弟子のQ&A方式で分かりやすく説いたテキストですが、ここで弟子は「離婚してはいけない」という教えに、

〝是《これ》あまりにきびしき御定也《さだめなり》〟

と猛反発します。

キリスト教では、結婚は神が結びつけたものなので人がそれを離してはならない、離婚は他者とのセックスの機会を与えるとして基本的に禁じられています（『新約聖

書』「マタイによる福音書」など)。生涯ただ一人の異性と、生殖のためのセックスをすべしというのがキリスト教の性愛観で、同性愛や婚外性愛が罪悪視されるのもそのためです。

当然、処女の純潔は尊ばれ、そもそもイエス・キリストは聖母マリアの処女懐胎によって生まれています。第十章で触れたように、

「日本の女性は処女の純潔を少しも重んじない」(『ヨーロッパ文化と日本文化』)

と報告したフロイスは、

「ヨーロッパでは未婚の女性の最高の栄誉と貴さは、貞操であり、またその純潔が犯されない貞潔さである」(前掲書)

としています。

離婚・再婚を繰り返していた日本人にとって、この考え方は衝撃だったでしょう。が、結局、『どちりなきりしたん』では、師は折れて、教会の指示に従っての離婚はオッケーだが、再婚はダメということになります。

その後、キリスト教は豊臣秀吉や徳川幕府によって厳しく禁じられ、西洋人との接触も長崎の出島を除いてなくなり、処女の純潔思想や、離婚は相手に姦淫《かんいん》の機会を与えるからダメといった考え方が、日本社会に浸透することはありませんでした。「外

の目意識」は発動せず、処女観にも変化は訪れなかったのです。

処女膜の発見と対西洋意識の芽生え

日本人が「処女」を意識する二回目の画期は江戸後期。

一七二〇年、キリスト教関係以外の洋書の輸入が許されたのをきっかけに蘭学《らんがく》（洋学）が流行し、一七七四年、西洋医学書の翻訳『解体新書』が出版されることで、日本人ははじめて「処女膜」ということばを知ります。福田和彦によれば、

「かつてわが国の性知識においては、処女膜の存在は未知であって、『解体新書』によってはじめて発見された」（『日本の世紀末』）

もちろん、それ以前にも日本には「処女」を意味する〝生娘〟や、新しい擂《す》り鉢という意味から転じて「処女」や「処女の性器」を意味する〝あらばち〟ということばがありました。元禄《げんろく》時代の遊郭ガイド『茶屋《ちゃや》諸分調方記《しょわけちょうほうき》』（一六九二）には、

「近ごろは〝あらばち〟のお方は例が少ない。たいていは何者かのしわざによってか、ことのほか広げられたお方が多い」

と、その存在が珍しいものと見られていたのは、いかにも前近代の庶民階級ですが……。

また、井原西鶴の『好色五人女』（一六八六）巻一では、男を知ったあとのヒロインの〝おなつ〟が、

〝腰つきひらたくなりぬ〟

と形容され、処女と非処女の体つきの違いへの興味が存在したことが分かります。

これは実際にそうであるというよりは、「どの父の子か」を重視する父系的な社会になって、「処女と非処女の違いを知りたい」という男側の欲求が高まって、こうしたインチキくさい俗信が生まれたのでしょう。

いずれにしても、「どの母の子か」が重要な平安時代などと比べると、処女を意識する機運は高まっていた。

そこへ、『解体新書』の「処女膜」がきた。

それまでも処女とセックスした時の感覚を日本人は知っていたにしても、「処女膜」ということばを知ると知らぬでは大違いです。

セクハラ、マタハラということばを知ると、「あれもセクハラ」「これもマタハラ」と今にして思うことが急増するようなもの。福田和彦は、『解体新書』の影響を受けた性愛指南の書として渓斎英泉の『閨中紀聞《けいちゅうきもん(ぶん)》 枕《まくら》文庫』（一八二二～一八三二）を紹介しています。以下、福田氏の前掲書を引用すると、そこには女性器の解剖学的な図

説が紹介され、

「処女《むすめ》と年増《としま》とはその陰（性器）異なり」

「娘の玉門はかならず膜あい、子宮において、へだつるものあり（処女膜のこと）」

と、

「従来の性愛の実用書にはなかった詳細な記述」があります。

が、「処女膜」という語の発見は、春画や浮世草子といったエロ文芸の肥やしになっただけで、キリスト教関係の洋書の輸入は禁止されていたから当然とはいえ、処女の純潔賛美につながることはありませんでした。

それよりも、この時期注目すべきは、日本人の「外」がはっきり中国から西洋になったこと、対西洋の「外の目意識」が発動したことです。

西洋の翻訳書によって日本人が「処女膜」ということばを知った一七七〇年代から十九世紀初頭にかけては、ロシア船が日本に漂着し、再三、通商を求めた時期でした。同時期、イギリス人も日本に来航し、日本人の前に先進国としての西洋が立ちはだかるようになります。かくて、一部のインテリの心に、

「西洋人（白人）に見せても恥ずかしくない日本」

という、今に通じる意識が芽生えます。

その代表例が経世家（政治経済評論家）の本多利明の『西域物語』（一七九八）です。

利明によると、一七九六年と一七九七年に蝦夷《えぞ》へ渡来したイギリス船の異国人が〝地球全図〟（世界地図）を広げた際、日本の役人は世界地図を見たことがなかったため、むやみやたらと取り付いて見ていた。その様子を見た〝異国人等〟は「世界地図が分からぬのか」と〝不審〟がった。それを、利明は、

〝異国へ対し日本の恥辱〟

と評します。

この〝異国〟は言うまでもなく西洋諸国のこと。

さらに利明は、西洋の文明史に比べれば、〝支那《しな》（中国）・日本〟は〝半《なかば》〟にも達しない、西洋を〝我国の助〟、手本にすべきだと主張する。

ここにきて「外」は完全に中国から西洋に入れ替わりました。

利明が最も懸念《けねん》するのは、〝異国〟＝西洋の人に日本人が侮《あなど》られることで、この態度は他の箇所でも一貫しています。

天明の大飢饉《だいききん》の爪痕《つめあと》の残る一七八六年（もしくは一七八七年）に会津領を通りかか

り、死屍累々《ししるいるい》の惨状にショックを受けた利明は、〝欧羅巴人《ヨーロッパ》〟にこのような顚末《てんまつ》を見せ聞かせたら、

〝嘸《さぞ》や侮るべし〟

と、西洋人の目に映る屈辱的な日本を想《おも》って、憤慨します。

実際には、西洋人はその状況を見たわけではないのに、西洋人の視線を想定して、先回りして恥じているのです。

日本史上最大の「エロの危機」

一七七〇年代から高まっていた「処女への関心」と、江戸後期に芽生えた対西洋人(白人)への「外の目意識」が、さらにはっきり形を結ぶのが、日本人が処女を意識する三回目の画期の明治期です。

時代が江戸から明治に変わり、西洋化の道が決まることで、仏像・仏具を破壊する「廃仏毀釈《きしやく》」運動が全国で行われたり、浮世絵や古美術が二束三文で売り払われ、多くの貴重な芸術作品が海外に流出するという負の側面があったのはよく知られています。

西洋に追いつけ追い越せと焦《あせ》るあまり、日本の古いものすべてが否定されるような

ことになったのです。

なかでも著しいのは「エロの弾圧」でした。具体的には、

「東京府の明治二年四月の春画の禁止、同じく四年の裸体の禁止」をはじめ、

「片肌脱ぎや混浴等」

「民衆の生活の細部にわたって習俗や風俗を規制」（牟田和恵『戦略としての家族』）。

さらに、

「歌舞伎における性的要素を排除するばかりでなく、日本社会の様々な側面における性の表出を抑圧する方策」に出て、

「明治六年七―八月の東京日々新聞紙上では、明治新政府の生殖器神崇拝の禁止をめぐって金精神崇拝の是非論が展開した」（佐伯順子「『文明開化』の『遊び』」）。

全国に広がる生殖器信仰という、太古の昔から続いてきた日本の民俗、性愛を重視する日本人の魂の根幹にまでメスが入ったのです。

それもこれも、日本に広がる性的な文芸や民俗が、

「外国人に対し『国辱』と映ることを恐れた」（牟田氏前掲書）

ため。この「外国人」はもちろん西洋人のこと。江戸後期の本多利明が〝異国へ対し日本の恥辱〟と言ったのと同じ精神構造から、明治政府は、自国のエロ要素を摘み

取る道を選んだのです。

肝心の西洋人自身がどのていど日本のエロに眉《まゆ》をひそめていたのか、調べてみると、確かに、幕末・明治にかけて日本を訪れた西洋人（白人）の目に最も奇異に映ったのは、日本の「性」に関する感覚でした。

なかでも必ずと言っていいほど話題にあげられるのが芸妓《げいぎ》と混浴と演劇（歌舞伎）の淫《みだ》らさで、芸妓に関しては、慶応二（一八六六）年から翌年にかけてと明治三（一八七〇）年とその翌年に日本を訪れた海軍士官のエドゥアルド・スエンソンは、

「日本のゲーコは、ほかの国の娼婦《しょうふ》とはちがい、自分が堕落しているという意識を持っていないのが長所である」（『江戸幕末滞在記』第一部）

慶応元（一八六五）年、一カ月ほど日本に滞在したハインリッヒ・シュリーマンは、

「日本人は、他の国々では卑《いや》しく恥ずかしいものと考えている彼女らを、崇《あが》めさえしている」（『シュリーマン旅行記　清国《しんこく》・日本』第六章）

などと好意的なのは、彼らが男だからでしょう。

混浴に関しては、スエンソンは、

「男も女もおたがいの視線にさらされているが、恥じらったり抵抗を感じたりすることなど少しもない」

「慎みを欠いているという非難はむしろ～（中略）～野卑な視線で眺めては、これはみだらだ、叱責《しっせき》すべきだと恥知らずにも非難している外国人の方に向けられるべきであると思う」（前掲書　第一部）

と擁護、文化の違いとして許容すべきだと主張します。

演劇に関しては、江戸時代からの伝統で、役者がしばしば売春もしていたことも踏まえているのでしょうか（これについてはコラム7を）。

「役者は往々にして非常に不作法で淫《みだ》らなことが多く」（スエンソン前掲書　第二部）

と批判的で、シュリーマンは、

「もし日本人が淫らなシーンに気分を損ねるような観客であったならば、幕が降《ママ》りるまでとても耐えられなかっただろう」

「男女混浴どころか、淫らな場面を、あらゆる年齢層の女たちが楽しむような民衆の生活のなかに、どうしてあのように純粋で敬虔《けいけん》な心持ちが存在し得るのか、私にはどうしてもわからない」（前掲書　第六章）

と、日本人の良さを認めながらも、それと「淫ら」が両立しているのが理解できないと言います。

イギリスの初代駐日公使のラザフォード・オールコックも安政六（一八五九）年か

ら文久二（一八六二）年の在日三年間の記録『大君の都』で、日本では売春は「国家的な制度で」「不名誉なことではなさそうだ」（第三六章）としつつも、主に衛生面から混浴を批判（第九章）。

明治十一（一八七八）年五月から約八カ月間、日本を旅した女性旅行家のイザベラ・バードも、日本人は「道徳観が堕落している」（『イザベラ・バードの日本紀行』上 第二〇信）と言い、文脈からして性的道徳観を批判していると思われます。

明治期には「お雇い外国人」と言われる西洋人も多く存在し、こうした西洋人の手前もあって、政府はエロの弾圧に力を入れたのでしょう。

このような潮流の中、かつての日本では考えられないような論説がインテリから飛び出します。「処女の純潔」賛美論です。

「処女」賛美論の登場

有名なのが北村透谷が明治二十五（一八九二）年に発表した「処女の純潔を論ず」というエッセイ。

「天地愛好すべき者多し。而して尤も愛好すべきは処女の純潔なるかな」

で始まるこのエッセイは、

「我はわが文学の為《ため》に苦しむこと久し」

と言い、江戸文学はもちろん、いにしえの歌人も厭世《えんせい》思想家たちも、ついに、

「処女の純潔を尊むに至らず」

と慨嘆。

「純潔《チヤスチチイ》より恋愛に進む」なら順当だが、はじめから純潔のない恋愛は「肉愛」であって、

「何の価値なく何の美観なし」

とまで罵倒《ばとう》します。

「君死にたまふことなかれ」（一九〇四）で名高い与謝野晶子も、処女に性欲はない、江戸期の文芸に、処女から男を誘う作品が多いのは、男が女を誘うことは「不見識」という考え方から生まれた作為であって、

「処女の純潔に対する侮辱だとさへ思つてゐる」（一九一五「処女と性慾《せいよく》」）

と断じます。

処女に性欲がないとは珍説にしても、確かに江戸文学には、女から迫るという設定が多く、男のほうから迫るのはブ男だったり悪役として描かれることが多いものです。

そこには男から女に恋など仕掛けるものではないという、女性蔑視《べっし》、恋愛蔑視の観念

があるのは間違いありません。

こうした処女に関する論は、「むしろ自我に目覚めた女性たち自身の、自我・自己確立の手段として進展」（牟田氏前掲書）していたわけで、女が処女だの性欲だのと堂々と論じることができること自体、表現者の大半が男であった江戸時代から比べると、大きな進歩です。

戦国時代に日本に入っても根づくことのなかった処女の純潔賛美の考えは、政府が「エロの弾圧」を進めた明治期に至ってやっと実を結んだ形ですが、処女の純潔を尊ぶあまり、日本の古典文学を全否定しているかに見える透谷（ただし曲亭馬琴だけは評価している）の姿勢は、明治期の日本を象徴しているようでもあり、残念です。

古き良きエロに満ちた日本を取り戻せ

見てきたように、日本のエロの危機は日本人自身の「外の目意識」から生じたというのが私の考えです。

今また、第一章で触れたようなポルノ規制強化や、東京オリンピックを見据え、外国人の目を意識して、エロの浄化の動きがあります。

これが良いほうに働けばいいのですが、その時は良いと思っても、明治期の日本の伝統文芸破壊のように、あとから見ると、とんでもなかったということもあるものです。要らぬ自粛がないことを祈るばかりです。

とはいえ、根がエロ志向の日本人。

一時的にはエロ弾圧の風が吹き荒れても、じきにホメオスタシスの法則というか、エロを保存すべくバランスを取る動きが出てくるもので、エロが排除された明治期にしても、やがて大正から昭和期に入ると、王朝文学や江戸初期以前の古典文学を題材にした作品が目につくようになります。

中世の説経節の『さんせう太夫《だゆう》』を下敷きにした森鷗外の『山椒大夫《さんしょうだゆう》』（一九一五）。平安時代の『今昔物語集』や鎌倉時代の『宇治拾遺物語』を下敷きにした芥川龍之介の『好色』（一九二一）や『鼻』（一九一六）。室町末期から江戸初期の『御伽草子《おとぎぞうし》』や民間に伝わる昔話を下敷きにした太宰治の『お伽草紙』（一九四五）などなど。

どれも本家の古典文学と比べるとエロもグロも今一つ、と、かつての私は思っていたのですが、明治期のエロ弾圧の激しさを思うと、こうした動きは、古き良きエロに満ちた日本を取り戻そうとした、いわば「エロ・ルネッサンス」だったのではないかと今にして思います。

他国との摩擦が生じた時、きな臭い時世に、エロは後退し、力と道徳が重んじられます。

これから日本は、エロにとって大変な時代を迎えるかもしれない。

しかし、それでもきっと、必ずエロいほうへと戻るはず。

幾度となく、エロの危機をくぐり抜けた日本なら……と願いを込めて思います。

コラム7　本当はエロかった歌舞伎——ロリコン芸能と売春

幕末・明治期に来日した西洋人が一様に驚いているのは、歌舞伎役者の淫らさと歌舞伎のエロさ。

昔の歌舞伎はそんなにもエロいものだったのでしょうか。

と問われれば、「はい」と答えるしかありません。

そもそも歌舞伎の元祖である出雲《いずも》の阿国《おくに》は、「やや子踊り」で人気を得た。「やや子踊り」とは十歳前後の少女に、「抱いて寝る夜の暁は　離れがたなの寝肌や」といった大人の色っぽい歌をうたわせて踊るというもので、春日《かすが》大社に隣接した多聞院《たもんいん》の歴代僧による日記『多聞院日記』には〝イタイケ〟で面白いと記されています（渡辺保編『新装版カブキ・ハンドブック』）。

ＡＫＢ48が人気になったり、日本はロリコン大国などと言われがちですが、昔の日本のロリコン度は今の比ではなかったのです。

少女にエロい歌をうたわせるというロリコン趣味の芸能人出身の阿国が始めた女歌舞伎は、男装して恋歌をうたい舞うもので、「わいせつなせりふ」（歌舞伎学会編

『歌舞伎の歴史』）もあり、風紀を乱すこともあったのでしょう。一六二九年、幕府に禁止されると、前髪のある少年による「若衆《わかしゅ》歌舞伎」が盛んになる。しかしこれもまた禁止され、一六五二年、前髪を剃《そ》った「野郎歌舞伎」に。

が、女が演じようが、前髪のある美少年が演じようが、前髪を剃った野郎が演じようが、歌舞伎界で一貫していたのは、

「役者は男女ともに色を鬻《ひさ》ぐ」（堂本正樹『増補版　男色演劇史』）

ということ。

井原西鶴の『男色大鑑《おおかがみ》』（一六八七）には、

〝昼の芸して夜の勤め〟（巻五）

とあり、

「少なくとも元禄期までの歌舞伎界においては、若女方《わかおんながた》・若衆方など、若くて美貌《びぼう》の歌舞伎若衆は、早朝から夕刻までは舞台を勤め、夜は茶屋で客の求めに応じて男色の相手をする、というのがしきたりであった」（暉峻《てるおか》康隆『男色大鑑』解説）

のです。

江戸時代、役者買いをするのは武士や富裕な商人。

前近代きってのベストセラーだった『東海道中膝栗毛』も、〝串童《かげま》〟（陰間。男色

を商売とする少年役者）の喜多さんに、親の代からの〝相応の商人〟だった弥次さんが入れ込んで、身代をつぶして駆け落ちしたという設定です。

先の『男色大鑑』には役者の売春話が満載で、買うのも男ばかりでなく、高貴な女が買った〝おやま〟を、その兄が見つけ、取り上げてしまったという話も語られます（巻六）。

美しい役者を巡る恋のさや当てから刃傷沙汰《にんじょうざた》や自害に発展する話も多々描かれていますが、乃至政彦によれば、実際に江戸前期には、

「若衆や小姓が原因による喧嘩《けんか》・騒動が絶えなかった」（『戦国武将と男色』）

と言い、藩や幕府が男色を禁じる命令を出したというのも、うなずけます。

なかには政治的事件に発展したものもあって、有名なのが「絵島生島事件」です。

事件の細部については本によって異同があるものの、要するに、大奥女中のトップであった絵島が、歌舞伎役者の生島新五郎をはじめとする一座の者と馴染《なじ》みを重ね、朋輩《ほうばい》の女中を連れ出して遊興していた。そうしたもろもろが積み重なって、ついに一七一四年二月、関係者が処罰されることになった。

その処罰のされ方が大規模で、連座した人々は実に一五〇〇人。当人たちが流罪になったほか、生島の所属する山村座へ見物に行った女中たちはじめ、絵島に関わ

る女中は末端に至るまで処分を受け、山村座は廃絶、絵島の兄は死罪を命じられるという厳しさでした。

背後には、絵島の仕えていた月光院（徳川七代将軍家継の生母）と老中格側用人《そばようにん》間部《まなべ》詮房《あきふさ》との密通問題があり、そこから風紀が乱れ、こんな事件が起きたとも、彼らを失脚させるために仕組まれたものであるとも諸説あります。

美形の間部詮房は、若いころは猿楽師の弟子でした。

月光院の夫の徳川六代将軍家宣はすでに故人ですし、平安朝なら何の問題もなさそうな一件とはいえ、日本の権力者と芸能が性で結ばれていることを浮き彫りにする点では、興味深い事件と言えます。

コラム8

文豪のアレンジよりエログロな古典文学の原話

最後に、大正から昭和初期、文豪たちの文学作品の素材になった古典文学を紹介して、この本の締めくくりにしたいと思います。

残酷さが救いだった時代の『さんせう太夫』

まず森鷗外の『山椒大夫』の素材となった中世の説経節の『さんせう太夫』。鷗外の小説では、厨子王《ずしおう》を逃がした安寿《あんじゅ》はその後、自殺しますが、原典では、太夫（鷗外小説では「大夫」）の三男に拷問《ごうもん》されて殺されます。しかも挿絵では乳もあらわな腰巻き一枚にされて責められている……（254頁《ページ》）。性虐待《ぎゃくたい》があったとは書かれていませんが、十六歳という安寿の年齢を思えば、当然、それも想像されるような絵柄です。

小説との最大の違いは太夫の末路。

鷗外の小説では、出世した厨子王の命で奴婢《ぬひ》を解放した「大夫」一族は、「いよいよ富み栄えた」ということになりますが、原典では、太夫を召し出し、首から下

「さんせう太夫」

を土に埋め、身動き取れぬようにしたあげく、切れ味のにぶい竹鋸《たけのこぎり》で殺させます。それも、

〝構へて他人に引かするな。子共に引かせ、憂《う》き目を見せよ〟（決して他人に引かせるな。子供に引かせて、つらい目にあわせよ）

と、太夫の実の息子の三郎に殺させるという残酷な方法で復讐《ふくしゅう》する。その後、三郎も、往来の山人たちによって、同じように竹鋸で首を引かれ、七日七夜かかって殺されます。

現代人から見ると残酷過ぎる復讐ですが、人身売買が横行し、下人と呼ばれる奴《ど》隷《れい》階級が虐待されていた中世には、厨子王のように売られた子供たちは復讐したくともできぬまま、声も上げられぬまま死んでいくのが常でしょう。そして、『さんせう太夫』のような説経節は、「元来物もらいのための芸、乞食芸《こつじきげい》」（荒木繁『説経節』解説・解題）で、演者も聞き手も最底辺の人たちです。

中世のそうした階級の人々にとっては、このような復讐を遂げることは救いであり、カタルシスだったのです。

大正時代、鷗外が、奴隷解放といった結末にしたのも、それが大正時代の多くの人にとっては救いだった、という背景があるのでしょう。

エロがエラかった時代の色男・平中のひらめきと誤算

芥川龍之介の『好色』は、平中と呼ばれる平安時代の好色男がモデルの小説です。平中の色恋沙汰は、平安後期の『今昔物語集』や鎌倉時代の『宇治拾遺物語』の本院侍従という女房との恋の駆け引きや、平安中期の『平中物語』に描かれています。

こうした原典と読み比べると、芥川の平中の色男ぶりは今一つ。なびかなかった侍従に会えた平中が、

「忝《かたじけ》ない。忝ない」

などと囁《ささや》くのは、モテ男のセリフとも思えず興ざめですし、セックス寸前に逃げてしまった侍従への思いを断ち切るために、その排泄物《はいせつぶつ》を盗むというのは斬新《ざんしん》な発想のようでいながら、実は原典そのもので工夫もありません。排泄物を盗むというのは、当時の貴族が箱とか壺《つぼ》に排泄し、それを下女が処理していたために成り立つ行為。平中は、その下女をつかまえて箱を奪おうと考えたのです。

また、これは以前も書いたことですが、美女の排泄物を見て思いを断ち切ろうという発想には、どんな美人もしょせんは糞袋《くそぶくろ》という仏教思想が影響しているはずで

す。

源信《げんしん》の『往生要集』（九八五）には、

〝外には端厳《たんごん》の相を施すといへども、内にはただもろもろの不浄を裹《つつ》むこと、猶《なほ》し画《あが》ける瓶に糞穢《ふんゑ》を盛れるが如《ごと》し〟（巻上）

という一文がある。人間の体は、外側はどんなに美しくても、内側はただただ汚いものでいっぱいである、それはあたかも綺麗《きれい》にいろどった瓶に、穢《けが》れた糞を盛ったようなものだ、というのです。

だから、そうした穢れた人間界を厭《いと》うて、浄土を欣求《ごんぐ》せよというのが『往生要集』の説く仏の教えなのですが、『今昔物語集』や『宇治拾遺物語』の平中は、「どんな美女も糞袋」という考え方を逆手に取って、女を諦《あきら》めようとした。ところが、エロがエラい時代の女（→第二章）は、一枚上をいっていて、そんなストーカーじみた男の思惑はお見通しだった、と。

平中と本院侍従の話は、仏教思想と性愛至上主義が合体した傑作なのです。

本当はエロかった浦島太郎

太宰治の『お伽草紙』の「浦島さん」のもとになったのは、『丹後国風土記《たんごのくにふどき》』逸文や『御伽草子』に見える浦島太郎の話。童話の浦島太郎と違って、これら古典文学の浦島太郎は、浦島と乙姫《おとひめ》（に相当する女）との結婚が主眼です。

とくに『風土記』逸文では、海で釣りをしていた浦嶋子《うらのしまこ》（浦島太郎）の船に、大亀《おおがめ》の姿となった神女が自ら飛び込み、

〝風流之士《みやびを》、独蒼海《ひとりうみ》に汎《うか》べり。近《した》しく談《かた》らはむおもひに勝《た》へず、風雲《かぜくも》の就来《むたき》つ〟

と、浦島を誘います。

「あなたみたいなイケメンがひとりで海に浮かんでいるのだもの。親しくおつき合いしたい気持ちを我慢できずに、風雲に乗って飛んで来たのよ」

というわけです。

あとは押せ押せの勢いで、浦島を海中に連れ込んだ神女は、彼を両親に紹介し、兄弟姉妹や隣の里の童女まで呼んで、飲めや歌えの宴となり、やがて浦島と二人きりになると、

〝肩を双《なら》べ、袖《そで》を接《まじ》へ、夫婦《みと》之理《のまぐはひ》〟

をします。童話の浦島太郎で「鯛《たい》や平目が舞い踊り」というのは、二人の結婚披露宴だったのです。

ところが三年後、急に故郷が恋しくなった浦島が帰りたがると、神女は涙を流し

て別れを惜しみ、〝玉匣《たまくしげ》〟（化粧箱。いわゆる玉手箱）を渡して、
「あなたが私に再び逢《あ》いたいのなら、決してこの匣を開けてはなりません」
と言った。にもかかわらず、帰郷して、三年と思っていたのが三百年も経《た》ってい
たと知った浦島は匣を開けて、若々しい姿が風雲と共に飛び去ってしまう。
こう書くと簡単ですが、『風土記』逸文では、このあたりの神女と浦島の攻防は
かなり詳しく描かれています。まず、故郷を思って嘆く浦島の姿に、神女は、
「最近、あなたの顔色がいつもと違う。何を思っているのか聞かせて」
と問う。これに対して浦島は、
「古人が言うには、（君子は徳を思い）小人は故郷を思うと言い、死んだ狐《きつね》は故郷
の山に頭を向けると言います。〝僕《やつがれ》〟（一人称の謙譲語。わたくしめ）はこれを嘘《うそ》だ
と思っていましたが、今はその通りだと思っています」
「あなたは帰りたいのですね」
「わたくしめは、身近な親族から離れ、遠い神仙の国に参りました。そして故郷を
しのぶ心に堪えず、軽率なことを申しました。できることなら、しばし本国に帰り、
両親を拝ませてください」
と、終始、浦島は神女に気をつかい、低姿勢に「ふるさとに帰りたい」と訴えま

す。すると神女は嘆いて、

「私の気持ちは金や石のように堅く、共に万年ののちまで夫婦でいようと約束したのに、なぜ故郷を慕って、こんなに簡単に私を忘れて捨てようとするのです」

と、浦島を責めます。「故郷に帰りたい」という浦島を、「自分を捨てようとしている」と神女は受けとめているのです。

こうして二人は一緒に歩き回って、共に語らっては嘆き悲しんだ。けれど浦島の決意は固く、別れの途につきます。

なにやら微妙な展開で、ひょっとして浦島は、もう神女に逢いたいとは思わなかったので、玉手箱を開けたのかな？　と思わせる含みがあります。

一方、太宰治の「浦島さん」では、浦島は乙姫と何をするでもなく、

「乙姫のお部屋にも、はいった。乙姫は何の嫌悪《けんお》も示さなかった。ただ、幽《かす》かに笑っている」

という一文でセックスがあったと想像できる仕組みで、玉手箱ならぬ「二枚貝」を土産に渡されたり、エロ要素が丹念に隠されている。それによって原典とはひと味違った不思議なエロスを醸《かも》し出しています。

本当はエロかった日本の年表
（@以下は本書の対応章およびコラム）

- 紀元前一世紀　劉向『列女伝』古代中国文学。
  「孽嬖伝」人の妻でありながら男と通じた悪女。@四
- 一世紀　『漢書』古代中国の歴史書。
  「人の妻」という意味での〝人妻〟の語（男と姦通したという文脈中）。@四
- 四世紀　干宝『捜神記』古代中国の奇談集。
  性器の位置が異常な女と凶事の関連。@コラム5
- 五三八年　仏教公伝。
- 六四四年　中大兄皇子（天智天皇）、入内予定の女を盗んだ男を罰しようとするも、藤原鎌足が止める（七六〇～七六二年ころ『藤氏家伝』「鎌足伝」）。@四
- 六四五年　大化の改新。中国の律令を導入、以後、平安末期まで「律令時代」。
  律令では人妻不倫が処罰の対象にされたが、婚姻外のセックス（婚前交渉）を姦通として処罰する中国の制度は導入せず。@四
- 六六八年　天智天皇、即位後、酒宴で狼藉の大海人皇子（天武天皇）を殺そうとするも、藤原鎌足

が止める（『藤氏家伝』「鎌足伝」）。@四

六六八年二月　近江令、制定？（『日本書紀』）

六六八年五月　大海人皇子、元妻の額田王（天智天皇の妻）に〝人嬬ゆゑに〟と返歌（七七一年以後？『万葉集』）。@四

六七二年六月　大海人皇子、壬申の乱。@四

七一二年　『古事記』
神々のセックスで国が生まれたとする。@一、コラム1
英雄には必ず正妻の嫉妬絡みの「性愛の物語」がある。@コラム2

ヤマトタケルは女装、アマテラスは男装により、両性具有パワーを得る。@七

上巻　スセリビメ、オホナムヂ（のちのオホクニヌシ）と関係、父に事後報告。@四

上巻　オホクニヌシの二人の妻、官能的な歌でセックスアピール。@コラム3

上巻　アメノウズメの女性器露出により、アマテラス、天の岩屋から出現。@五、コラム6

上巻　ニニギ、ブスとの結婚を拒んだため子孫が短命に。@九

中巻　初代神武天皇の皇后は、大便中、神に〝ほと〟（女性器）をつかれた美

女から誕生。@十一
中巻　垂仁天皇の時代、子の命名権は母に。@二
中巻　同母きょうだいや親子間のセックス、獣姦がタブーとされる。@六
下巻　女を巡る歌垣、殺し合いに。@四

七一三年以後
『釈日本紀』(一二七四〜一三〇一)に残る逸文『丹後国風土記』
美しい神女が男(浦嶋子＝浦島太郎)を誘う。@八、コラム8
浦嶋子、神女に美貌を愛でられ、海の仙都へ。@十一
太宰治『お伽草紙』の「浦島さん」の素材。@コラム8

七一三〜七一五年
『播磨国風土記』
父のない子を生んだ女神、父が誰か神意を問う。@二

七二〇年
『日本書紀』　天皇の勅により修史事業が進められたことが『続日本紀』で確認される正史。神々のセックスで国が生まれたとする。@一
巻第二　ニニギ、ブスとの結婚を拒んだため人類は短命に。@九
巻第二十　渡来系の女三人、日本初の出家。@六

七七一年以後？
『万葉集』
「ひとづま」の語が十五例(うち一例は「他人の夫」の意)。@四

「老いらくの性」が多数歌われる。@八
色好みの美女が歌われる。@八

八二二年ころ　景戒『日本霊異記』日本最古の仏教説話集。
上巻　観音に「金と米と美女」を祈って叶えられる。@六

九世紀半ば？　『催馬楽』古代流行歌集。
『源氏物語』の性愛シーンに多数引用され巻名にも使用される。@三
「陰名《くぼのな》」女性器の呼び名を並べた歌。@三
「東屋」〝人妻〟の語。@四

八九四年　遣唐使廃止。@十二

十世紀初頭　『伊勢物語』
一段・四十段　昔の若者は情熱的な恋をした。@八
十五段　人妻に通う男の話。@四

十世紀初頭　『古今和歌集』日本初の勅撰和歌集。
二十巻中五巻は〝恋歌《こひのうた》〟。
@コラム3

九一四年　三善清行『意見十二箇条』
出家者の堕落、税金逃れの出家を報告。@六

十世紀　『落窪物語』
露骨な性表現多し。@三
六十歳の貧乏なスケベ爺、

	笑われ役の悪役。@八
十世紀半ば	『大和物語』 百四十九　男、家事をする新妻に幻滅。@二
十世紀半ば	『平中物語』 十三　主人公と人妻の性愛が肯定的に描かれる。@四 芥川龍之介『好色』の素材。@コラム8
九五八年以前	『後撰和歌集』 浮気がばれて開き直る人妻の歌。@四
九七四年以後	藤原道綱母『蜻蛉日記』 中巻　正月にエロい替え歌で大笑い。@五 下巻　子の性愛に介入。@二
十世紀後半	『うつほ物語』 「嵯峨の院」巻　今時の男は女の財産目当て、美人でも貧乏だと見向きもしない。@八 「蔵開上」巻　美貌の娘に育てるため、大貴族、妻の妊娠中から努力。@二 「蔵開上」「国譲下」巻　子の世話をしない貴婦人が肯定的に描かれる。@二 「蔵開中」巻　大貴族、「どんな〝窪〟(女性器)がついてるのか」とライバルの陰口。@三 大貴族、「最近の若者は真面目」と息子に不倫をけしかける。@八

「国譲上」巻　女性器で、胎児の性別を予測。@三
「国譲中」巻　大貴族、息子たちに経産婦のいたわり方を伝授。@二
「国譲下」巻　皇后、〝つび〟（女性器）〝ふぐり〟（陰嚢）を連発。@三

九八四年

丹波康頼撰『医心方』
巻第二十八　中国の医学書を引用、女とのセックスが男の寿命や生まれる子の地位にも影響する。@九

九八五年

源信『往生要集』
人の体はいろどった瓶に糞を盛ったようなもの。@コラム8

一〇〇〇年ころ

清少納言『枕草子』
「正月一日は」段　妊娠を願う粥杖の行事。@五
「里は」段　〝人妻の里〟。@四

一〇〇八年ころ

紫式部『源氏物語』
主人公（源氏）が父帝の正妃を犯し、生まれた不義の子が帝位につく皇統乱脈の不倫文学。藤原道長のバックアップで書かれた。@一
花鳥風月、流行歌、あらゆるもので性を表現。@三
「桐壺」巻　源氏十二歳で、十六歳の葵の上と結婚。@三
「帚木」巻　源氏の美しい姿を「女として拝見&おつきあいしたい」と形容。@

七

源氏十七歳で、人妻空蟬を犯す。@三

「若紫」巻　十八歳の源氏、十歳の紫の上と共寝。@一

「末摘花」巻　源氏、極貧ブス末摘花と結婚。@八

「紅葉賀」巻　五十七、八歳の源典侍、十九歳の源氏や頭中将と関係、笑い物に。@八

催馬楽の「東屋」を引き〝人妻〟の語。@四

「花宴」巻　源氏、処女の朧月夜と関係、「親友の妻ならもっと面白かったのに」と思う。@二

「葵」巻　源氏、十四歳の紫の上を犯し結婚。〝亥の子餅〟〝三日夜の餅〟。@五

「賢木」巻　朧月夜、朱雀帝に入内するも源氏と密通。@十二

「須磨」巻　謹慎中の源氏、美形好きの〝海の中の龍王〟に魅入られたかと思う。@十一

「朝顔」巻　「老いらくのときめき」は良からぬもののたとえ。@八

「初音」巻　エロい雰囲気に包まれた正月。@五

「若菜上」巻　源氏四十歳で、十四、五歳の女三の宮を正妻に。@三

「若菜下」巻　源氏、女三の宮を柏木に寝取られる。@三

六条御息所の死霊、子より男への愛執がまさると語る。

@十
「柏木」巻　密通した柏木「深い過ちでもないのに」と思う。@六
「橋姫」巻　宇治十帖の男主人公の薫、〃すきずき心〃はないと自称。@八

一〇一〇年以後	『紫式部日記』若者が真面目に振る舞うご時世。@八
十一世紀	『赤染衛門集』子の婚活・就活に介入。@二
十一世紀	『和泉式部集』「生まれた子の父親は誰？」の問いに「分からぬ」という意味の返歌。@二
十一世紀	赤染衛門ほか『栄花物語』巻第一　村上帝、兄の正妻（中宮の妹でもある）と関係、中宮死後、後宮に迎え寵愛。@十二 巻第三　藤原穆子、娘の縁談を単独推進。@二 巻第八・巻第十四・巻第三十六　内大臣や関白の姫、内親王も親を亡くして宮仕え。@八
十一世紀半ばころ	藤原明衡『新猿楽記』好色女が老女やブスとして醜悪に描かれる。@八 性の俗信の芽生え（巨根男の妻は大口）。@九
一〇五八年ころ	藤原明衡撰『本朝文粋』

一〇七〇年ころ

「鉄槌伝」男根を擬人化した漢詩。@三

『狭衣物語』
巻四　妊娠を願う粥杖の行事。@五

平安後期

『大鏡』
零落した元親王妃、所領回復を藤原道長に愁訴。@八

一一三〇年ころ

『今昔物語集』
巻第六第六　三蔵法師、膿だらけの女の体を嘗め、般若心経を授かる（出典の中国の『神僧伝』では膿まみれの老僧を拝むと経を口授される）。@六
巻第十六　貧乏独身女の婚活話、貧乏シングルマザーの致富譚、多し。@八
巻第十六第十九　密通して罰せられた新羅国王の后、長谷観音に救われる。@六
巻第二十第十　人の男根を消す術。@六
巻第二十二第八　色男の平中、人妻と関係。@四
巻第二十四第八　スケベな老名医、笑われ役。@八
巻第三十第一　平中、女を諦めるため、排泄物を見る。芥川龍之介『好色』の素材。@コラム8
巻第三十第十三　夫死後、再婚を拒む女は珍しい。@二

平安末期

『玉造小町子壮衰書』
美貌をたのんで結婚しない

	女、醜く零落。@八		を愛する姫の物語。@七
	『病草紙』〝二形《ふたなり》〟（半陰陽）が〝病〟として茶化される。@七	一一七四年以後	『今鏡』「藤波の下」第六 藤原宗輔太政大臣、幼女と共寝。@一 「打聞」第十 『源氏物語』の作者は「根拠もない優美で色めいたこと」を書いて地獄に堕ちた。@三
十二世紀後半	『とりかへばや物語』男として育つ妹と女として育つ兄の物語。@七 巻第三 自分の人生のために子を捨てるヒロインが肯定的に描かれる。@二	一二一二～一二一五年ころ	源顕兼編『古事談』巻第三 僧との密通で生まれ、母に水銀をのまされ殺されそうになった男児、性器が未発達となり、男女において一生不犯の高僧に。@六
十二世紀後半～十三世紀初頭	『有明けの別れ』男として育てられた女の物語。@七 継父の性虐待。@コラム4		
平安末期～鎌倉初期	『堤中納言物語』「虫愛づる姫君」男姿で虫	十三世紀前半	『宇治拾遺物語』

一二三二年
一二四〇年ころ
に原形
一二四〇～
一三一〇年頃

巻第一　道命阿闍梨は〝色
にふけりたる僧〟。@六
巻第三　平中、女を諦める
ため排泄物を見る。芥川龍
之介『好色』の素材。@コ
ラム8
『貞永式目』
妻と密通した男を殺した夫
は普通の殺人と同様に処罰。
@十
『承久記』
上巻　後鳥羽院、白拍子の
亀菊を寵愛。@コラム6
『平家物語』
巻第一　平清盛、白拍子の
祇王や仏御前を愛人に。@
コラム6

一二五四年
一二八三年
十三世紀末
一三一三年以前

巻第十二　源義経、白拍子
の静を寵愛。@コラム6
橘成季編『古今著聞集』
巻第十六　〝まらは伊勢ま
ら〟など性の俗信を否定的
に紹介。@九
無住『沙石集』
巻第四　七十の僧、性と介
護目当てで同居の尼に浮気
され殺されかける。@八
『男衾三郎絵詞』
三郎、武士が美人妻をもつ
と短命になると、ブスと結
婚。@九
二条『とはずがたり』
複数の相手との性を赤裸々

に綴る。@六

巻一　出家後はどんな好色もOK。@六

巻一　恋人、お産を手伝う。@二

一三三一年書写　『稚児草子』　精力低下の老僧のため、稚児苦心。@十一

一三七四年か一三七五年　十七歳の足利義満、十二歳の世阿弥を寵愛。@コラム6

一三七七年以前?　『秋夜長物語』　最古の稚児物語の一つ。
龍神と稚児。@十一

一四〇〇年　世阿弥『風姿花伝』
第四　アメノウズメの神楽は〃申楽の始め〃。@コラム6

室町時代　『義経記』
巻第三　少年時代の義経、〃女房装束〃をまとい弁慶に勝利……両性具有パワー?　@七

一四二〇年　『老松堂日本行録』　西日本を旅した朝鮮人外交官の宋希璟の記録。
僧尼の同宿、尼の妊娠を報告。@十

室町末期　『師門物語』
武士が美人妻をもつのは不吉。@九

室町時代〜江戸初期　説経節『さんせう太夫』
厨子王の復讐。森鷗外『山

椒大夫』の素材。@コラム8

御伽草子『おようの尼』　老尼と老僧の結婚話。@六、八

御伽草子『浦島太郎』　女（正体は亀）と浦島太郎の結婚が主眼。太宰治『お伽草紙』の「浦島さん」の素材。@コラム8

一五三二〜一五五五年（天文）ころ　分国法　妻と密通した男を夫が殺すのは適法。@十

一五四九年　キリスト教を日本にもたらした宣教師フランシスコ・ザビエル、僧と尼僧の性交を報告。@十

一五六三年〜　キリスト教宣教師ルイス・フロイス、日本では処女の価値が低いと報告。@十、十二
僧の堕落を報告。@十

安土桃山時代〜江戸初期　豊臣秀吉や徳川幕府、キリスト教を厳しく禁じる。@十二

一六〇〇年　『どちりなきりしたん』キリスト教の「離婚してはいけない」との決まりに抵抗。@六、十二

江戸時代の武家社会では離婚・再婚は非常に多かった。@六、十二

一六〇三年二月　徳川家康、江戸開府。

一六〇三年四月　「やや子踊り」で人気を得た出雲の阿国、女歌舞伎を創始。@コラム7

一六二九年　女舞・女歌舞伎の禁止。@コラム7

一六三五年　日本人の海外渡航と在外日本人の帰国の禁止。@十

一六四一年　オランダ商館を長崎出島に移す（「鎖国」の完成）。@十

十七世紀前半　『きのふはけふの物語』
　上巻　鼻と男根の大きさの関係など、性の俗信を否定的に紹介。@九

一六五二年　若衆歌舞伎の禁止。@コラム7

一六六六年　『古今夷曲集』　性の俗信。@九

一六六六年　浅井了意『伽婢子』
　中国『剪灯新話』（十四世紀後半）の翻案多し。@十

一六七二年　松尾芭蕉『貝おほひ』序　男色好きを公言。@十一

一六八二年　井原西鶴『好色一代男』
　主人公は両性愛。@七、十一
　セックス相手の数の多さを誇示。@十

一六八六年　井原西鶴『好色五人女』
　巻一　男を知ったヒロイン

「腰つきが平たくなった」と形容。@十二

一六八六年　井原西鶴『好色一代女』巻四　女性同性愛者の話。@コラム4

一六八七年　井原西鶴『男色大鑑』役者の売春話、多数。@コラム7

一六八八年　井原西鶴『日本永代蔵』巻六　〝金銀が町人の氏系図〟。@十

一六九〇年　残寿『死霊解脱物語聞書』ブス妻が入婿に殺され祟る累ヶ淵怪談。『東海道四谷怪談』などに影響。@十

一六九三年　井原西鶴『西鶴置土産』巻二　〝女色・男色〟と並び称せられる。@十一

一六九三年　『茶屋諸分調方記』元禄時代の遊郭ガイド。当世〝あらばち〟(処女)は少ない。@十二

十七〜十八世紀？　『諸遊芥子鹿子』江戸遊里の内情暴露本。若衆売春の規制、男娼の苦労。@十一

一七〇三年　近松門左衛門『曾根崎心中』金銭トラブルに悲観した男、遊女と心中。@十

一七〇四年　近松門左衛門『源五兵衛・おまん　薩摩歌』ハッピーエンドの笑えるエ

ロ話。@十

一七一二年　『陰徳太平記』巻第十六　吉川元春〝慎むべきは好色〟とブスと結婚、勇将に。@九

一七一四年　絵島生島事件。@コラム7

一七二〇年　キリスト教関係以外の洋書の輸入許可、蘭学（洋学）流行。@十二

一七四二年　『公事方御定書』夫は不義を犯した妻とその相手を殺しても罪を問われない。@十

十八世紀中頃　江戸の歓楽街には男色茶屋が多数。@十一

一七六三年　風来山人（平賀源内）『根南志具佐』美少年を助ける男色河童、可愛い姿で描かれる。〝男色盛ンの時節〟。@十一

一七六八年　建部綾足『西山物語』仲を裂かれ殺された女が幽霊となって男と逢瀬。@十

一七七〇年代～十九世紀初頭　ロシア船漂着、通商要求。同時期イギリス人も来航。@十二

一七七四年　杉田玄白ら『解体新書』西洋医学書の翻訳。「処女膜」の訳出。@十二

一七七六年　上田秋成『雨月物語』中国

	文学の翻案多し。@十
一七八二〜一七八七年	天明の大飢饉。@十二
一七八三年	深川錦鱗『亀屋万年浦嶌栄』美少年を襲う男色河童が醜悪な姿で描かれる。@十一
一七八五年	山東京伝『江戸生艶気樺焼』ブ男、色男の真似をして遊女と狂言心中。「ブ男ブーム」の先駆け？　@十
一七九八年	十返舎一九『河童尻子玉』河童が美少年の尻子玉を抜く悪役として描かれる。@十一
一七九八年	本多利明『西域物語』〝異国へ対し日本の恥辱〟と西洋人の目を意識。@十二
一七九八年	梅暮里谷峨『傾城買二筋道』ブ男、遊女に逆ギレ。@十
一七九八年	烏亭焉馬『無事志有意』性の俗信。@九
十八世紀後半	『誹風末摘花』性の俗信。@九
一八〇二〜一八二二年	十返舎一九『東海道中膝栗毛』弥次さん・喜多さん（もと陰間役者）は男色カップル。@一、十、十一、コラム7　弥次さん・喜多さんは両刀づかい。@十、十一　女へのセクハラ・エピソー

	ドが多い。@九、十 弥次さんはブ男。@十 男色茶屋の並ぶ葭町の名。 @十一 熱田神宮あたりの宿場の下級女郎は〝おかめ〟と呼ばれた。@コラム6
一八〇七年	山東京伝『梅花氷裂』 本妻、妾を殺し、祟りで醜くなり惨殺される。@十
一八〇八年	柳亭種彦『近世怪談霜夜星』 ブス妻、美男の入婿に虐待され自殺して祟る。グロい女性虐待の物語が流行。@十
一八〇八～一八一二年	柳亭種彦『浅間嶽面影草紙』・後編『逢州執著譚』 美人妻、夫の愛人を殺害、祟りで醜くなり狂死。@十
一八一六年	武陽隠士『世事見聞録』 〝本願寺宗〟(浄土真宗)と〝売女〟(娼婦)は二大悪。 @六 武家の〝不義密通〟など、性がゆるく。@六 領内からの脱出は薩摩、肥前、阿波、土佐などで厳しい。@十
一八二二～一八二三年	渓斎英泉『閨中紀聞枕文庫』 『解体新書』の影響受けた性愛指南書。@十二
一八二五年	四世鶴屋南北『東海道四谷怪談』 美男夫に裏切られた美人妻、

毒薬で醜くなり関係者に祟り、我が子も見殺し。@十

十九世紀半ば　『旅枕五十三次』　性の俗信。@九

一八五三年六月　黒船来航。@十

一八六三年　初代駐日イギリス公使ラザフォード・オールコック『大君の都』
第九章　混浴を不衛生と批判。@十二
第三六章　売春は日本では国家的制度で不名誉ではない。@十二

一八六七年十月　徳川慶喜、大政奉還の上表(江戸幕府滅亡)。@十

一八六八年九月　明治と改元。

明治期　キリスト教的な道徳観で性を弾圧。@一、十二
歌舞伎の性的要素を排除する方策。@十二

一八六九年　東京府、春画の禁止。@十二

一八六九年　『シュリーマン旅行記　清国・日本』　芸妓に好意的。淫らさと敬虔さが同居する日本人は不思議。@十二

一八六九〜一八七〇年　海軍士官エドゥアルド・スエンソン『江戸幕末滞在記』
芸妓に好意的。混浴は文化の違いとして許容。歌舞伎役者は不作法で淫ら。@十二

一八七一年　東京府、裸体の禁止。@十二

一八七二年　僧の「肉食妻帯勝手タルベシ」と政府通達。@六

一八八〇年　『イザベラ・バードの日本紀行』第二〇信　日本人は「道徳観が堕落」。@十二

一八九二年　北村透谷「処女の純潔を論ず」で純潔を賛美。@十二

一九一五年　与謝野晶子「処女と性慾」「処女の純潔」を侮辱すると江戸文芸批判。@十二

一九一五年　森鷗外『山椒大夫』発表。中世の説経節『さんせう太夫』を素材。@十二、コラム8

一九一六年　芥川龍之介『鼻』発表。鎌倉初期の『宇治拾遺物語』を素材。@十二

一九二一年　芥川龍之介『好色』発表。平安後期の『今昔物語集』などを素材。@十二、コラム8

第二次大戦前　『源氏物語』が「大不敬の書」とされ弾圧される。@一

一九四五年　太宰治『お伽草紙』発表。室町末期～江戸初期の『御伽草子』などを素材。@十二、コラム8

一九五九年五月　一九六四年に東京オリンピック開催決定。町の浄化対策推進。@十二

二〇一〇年
「東京都青少年の健全な育成に関する条例」改正案で「非実在青少年」が話題（修正案で削除）。@一

二〇一三年九月
二〇二〇年に東京オリンピック開催決定。以後、風俗街浄化の準備。@十二

二〇一四年六月
児童ポルノ禁止法改正。画像などの単純所持で罰せられる可能性。@一

二〇一四年七月
漫画家ろくでなし子、自身の女性器を巡る作品で「わいせつ物頒布等の疑い」により逮捕。@一

二〇一四年
漫画家ろくでなし子、自身の

十二月
女性器を巡る作品で「わいせつ物陳列やわいせつ物頒布の罪」により再逮捕。@一、六

主要参考文献一覧

本書は以下の本を参考にしました。著者、校注者、編纂者に深く感謝申し上げます。

1 参考テキスト

本書で引用した原文や漢文の書き下し文、物語の段数は、以下の本に依っています。

阿部秋生・秋山虔・今井源衛校注・訳『源氏物語』一〜六 日本古典文学全集一二〜一七 小学館 一九七〇〜一九七六年
竹鼻績全訳注『今鏡』上・中・下 講談社学術文庫 一九八四年
中村幸彦校注『東海道中膝栗毛』 日本古典文学全集四九 小学館 一九七五年
松尾聰・永井和子校注・訳『枕草子』 新編日本古典文学全集一八 小学館 一九九七年
永積安明校注・訳『徒然草』……『方丈記・徒然草・正法眼蔵随聞記・歎異抄』(新編日本古典文学全集四四 小学館 一九九五年) 所収
倉野憲司・武田祐吉校注『古事記・祝詞』 日本古典文学大系一 岩波書店 一九五八年
青木和夫・石母田正・小林芳規・佐伯有清校注『古事記』 日本思想大系一 岩波書店 一九八二年
山口佳紀・神野志隆光校注・訳『古事記』 新編日本古典文学全集一 小学館 一九九七年
小島憲之・直木孝次郎・西宮一民・蔵中進・毛利正守校注・訳『日本書紀』一〜三 新編日本古典文学全集二〜四 小学館 一九九四〜一九九八年
青木和夫・稲岡耕二・笹山晴生・白藤禮幸校注『続日本紀』一〜五 新日本古典文学大系一二〜一六 岩波書店 一九八九〜一九九八年
中野幸一校注・訳『紫式部日記』……『和泉式部日記・紫式部日記・更級日記・讃岐典侍日記』(新編日本古典文学全集二六 小学館 一九九四年) 所収
木村正中・伊牟田経久校注・訳『蜻蛉日記』

……『土佐日記・蜻蛉日記』(新編日本古典文学全集一三　小学館　一九九五年）所収
山中裕・秋山虔・池田尚隆・福長進校注・訳『栄花物語』一〜三　新編日本古典文学全集三一〜三三　小学館　一九九五〜一九九八年
秋本吉郎校注『風土記』　日本古典文学大系二　岩波書店　一九五八年
『和泉式部集』……「新編国歌大観」編集委員会編『新編国歌大観』第三巻（角川書店　一九八五年）所収
関根慶子・阿部俊子・林マリヤ・北村杏子・田中恭子『赤染衛門集全釈』　私家集全釈叢書一　風間書房　一九八六年
馬淵和夫・国東文麿・稲垣泰一校注・訳『今昔物語集』一〜四　新編日本古典文学全集三五〜三八　小学館　一九九九〜二〇〇二年
山田孝雄・山田忠雄・山田英雄・山田俊雄校注『今昔物語集』一〜五　日本古典文学大系二二〜二六　岩波書店　一九五九〜一九六三年
中野幸一校注・訳『うつほ物語』一〜三　新編日本古典文学全集一四〜一六　小学館　一九九九〜二〇〇二年
片桐洋一・福井貞助・高橋正治・清水好子校注・訳『竹取物語・伊勢物語・大和物語・平中物語』　日本古典文学全集八　小学館　一九七二年
金子武雄『掌中　小倉百人一首の講義』　大修館書店　一九五四年
大槻修・今井源衛・森下純昭・辛島正雄校注『堤中納言物語・とりかへばや物語』　新日本古典文学大系二六　岩波書店　一九九二年
石埜敬子校注・訳『とりかへばや物語』……『住吉物語・とりかへばや物語』（新編日本古典文学全集三九　小学館　二〇〇二年）所収
三谷栄一・三谷邦明・稲賀敬二校注・訳『落窪物語・堤中納言物語』　新編日本古典文学全集一七　小学館　二〇〇〇年
久保田淳校注・訳『とはずがたり』……『建礼門院右京大夫集・とはずがたり』（新編日本古典文学全集四七　小学館　一九九九年）所収

小沢正夫校注・訳『古今和歌集』日本古典文学全集七　小学館　一九七一年
臼田甚五郎校注・訳『催馬楽』……『神楽歌・催馬楽・梁塵秘抄・閑吟集』（日本古典文学全集二五　小学館　一九七六年）所収
木村紀子訳注『催馬楽』東洋文庫七五〇　平凡社　二〇〇六年
小西甚一校注『風俗歌』……『古代歌謡集』（日本古典文学大系三　岩波書店　一九五七年）所収
小島憲之校注『本朝文粋』……『懐風藻・文華秀麗集・本朝文粋』（日本古典文学大系六九　岩波書店　一九六四年）所収
小泉弘・山田昭全校注『宝物集』……『宝物集・閑居友・比良山古人霊託』（新日本古典文学大系四〇　岩波書店　一九九三年）所収
小島憲之・木下正俊・佐竹昭広校注・訳『萬葉集』一〜四　日本古典文学全集二〜五　小学館　一九七一〜一九七五年
片桐洋一校注『後撰和歌集』新日本古典文学大系六　岩波書店　一九九〇年
内田泉之助『玉台新詠』上・下　新釈漢文大系六〇・六一　明治書院　一九七四・一九七五年
山崎純一『列女伝』下　新編漢文選六　明治書院　一九九七年
小竹武夫訳『漢書』中巻　列伝一　筑摩書房　一九七八年
凌稚隆『漢書評林』巻之五三・五四　鈴木義宗……国立国会図書館　近代デジタルライブラリー
井上光貞・関晃・土田直鎮・青木和夫校注『律令』日本思想大系新装版　岩波書店　一九九四年
沖森卓也・佐藤信・矢嶋泉『藤氏家伝　鎌足・貞慧・武智麻呂伝　注釈と研究』吉川弘文館　一九九九年
鈴木一雄校注『狭衣物語』上・下　新潮日本古典集成　新潮社　一九八五・一九八六年
本庄栄治郎校訂／奈良本辰也補訂『世事見聞録』岩波文庫　一九九四年

竹内理三校注『意見十二箇条』・大曾根章介校注『新猿楽記』……『古代政治社会思想』（日本思想大系八　岩波書店　一九七九年）所収

川口久雄訳注『新猿楽記』　東洋文庫四二四　平凡社　一九八三年

川端善明・荒木浩校注『古事談・続古事談』　新日本古典文学大系四一　岩波書店　二〇〇五年

小林保治・増古和子校注・訳『宇治拾遺物語』　新編日本古典文学全集五〇　小学館　一九九六年

中田祝夫校注・訳『日本霊異記』　新編日本古典文学全集一〇　小学館　一九九五年

新村出・柊源一校注『どちりなきりしたん』……『吉利支丹文学集』二（東洋文庫五七〇　平凡社　一九九三年）所収

『神僧伝』……「大正新脩大蔵経テキストデータベース」21dzk.l.u-tokyo.ac.jp/SAT/ddb-bdk-sat2.php

『大日本国法華経験記』……井上光貞・大曾根章介校注『往生伝・法華験記』（日本思想大系新装版　続日本仏教の思想一　岩波書店　一九九五年）所収

西尾光一・小林保治校注『古今著聞集』上・下　新潮日本古典集成　新潮社　一九八三・一九八六年

小島孝之校注・訳『沙石集』　新編日本古典文学全集五二　小学館　二〇〇一年

『おようの尼』……西沢正二『名篇御伽草子』（笠間書院　一九七八年）所収

暉峻康隆・東明雅校注・訳『井原西鶴集』一（好色一代男・好色五人女・好色一代女）　新編日本古典文学全集六六　小学館　一九九六年

大槻修訳・注『有明けの別れ』　全対訳日本古典新書　創英社　一九七九年

梶原正昭校注・訳『義経記』　日本古典文学全集三一　小学館　一九七一年

小松茂美編『餓鬼草紙・地獄草紙・病草紙・九相詩絵巻』　日本の絵巻七　中央公論社　一九八七年

杤尾武校注『玉造小町子壮衰書』 岩波文庫 一九九四年

橘健二・加藤静子校注・訳『大鏡』 新編日本古典文学全集三四 小学館 一九九六年

ブルフィンチ／野上弥生子訳『ギリシア・ローマ神話 付インド・北欧神話』 岩波文庫 一九七八年

小松茂美編『男衾三郎絵詞・伊勢新名所絵歌合』 続日本の絵巻一八 中央公論社 一九九二年

田嶋一夫校注『師門物語』……『室町物語集』下（新日本古典文学大系五五 岩波書店 一九九二年）所収

早稲田大学編輯部編『陰徳太平記』上 通俗日本全史 早稲田大学出版部 一九一三年

槇佐知子全訳精解『医心方』巻第二十八房内篇 筑摩書房 二〇〇四年

小高敏郎校注『きのふはけふの物語』『無事志有意』……『江戸笑話集』（日本古典文学大系一〇〇 岩波書店 一九六六年）所収

塩村耕・高橋喜一校注『古今夷曲集』……『七十一番職人歌合・新撰狂歌集・古今夷曲集』（新日本古典文学大系六一 岩波書店 一九九三年）所収

青木信光編『末摘花 浮世絵・川柳』 図書出版美学館 一九八一年

先坊幸子・森野繁夫編『干寶 捜神記』 白帝社 二〇〇四年

竹田晃訳『捜神記』 平凡社ライブラリー三二二 二〇〇〇年

村井章介校注『老松堂日本行録』 岩波文庫 一九八七年

谷脇理史校注・訳『日本永代蔵』、暉峻康隆校注・訳『西鶴置土産』……『井原西鶴集』三（新編日本古典文学全集六八 小学館 一九九六年）所収

山根為雄校注・訳『曾根崎心中』……『近松門左衛門集』二（新編日本古典文学全集七五 小学館 一九九八年）所収

長友千代治校注・訳『源五兵衛・おまん 薩摩

歌』……『近松門左衛門集』一（新編日本古典文学全集七四　小学館　一九九七年）所収
高田衛校注・訳『西山物語』『雨月物語』……『英草紙・西山物語・雨月物語・春雨物語』（新編日本古典文学全集七八　小学館　一九九五年）所収
松田修・渡辺守邦・花田富二夫校注・訳『伽婢子』　新日本古典文学大系七五　岩波書店　二〇〇一年
神郡周校注『狗張子』　古典文庫　現代思潮社　一九八〇年
竹田晃・小塚由博・仙石知子『剪灯新話』　中国古典小説選八　明治書院　二〇〇八年
中野三敏校注『傾城買二筋道』……『洒落本・滑稽本・人情本』（日本古典文学全集四七　小学館　一九七一年）所収
『廓の癖』……洒落本大成編集委員会編『洒落本大成』一八（中央公論社　一九八三年）所収
『宵之程』……洒落本大成編集委員会編『洒落本大成』一九（中央公論社　一九八三年）所収
棚橋正博校注『江戸生艶気樺焼』……『黄表紙・川柳・狂歌』（新編日本古典文学全集七九　小学館　一九九九年）所収
『浅間嶽面影草紙』『逢州執著譚』『近世怪談霜夜星』……国民図書編『柳亭種彦集』（近代日本文学大系一九　国民図書　一九二六年）所収
佐藤深雪校訂『梅之与四兵衛物語　梅花氷裂』……『山東京伝集』（叢書江戸文庫一八　国書刊行会　一九八七年）所収
小二田誠二解題・解説／広坂朋信注・大意『〈江戸怪談を読む〉死霊解脱物語聞書』　白澤社　二〇一二年
郡司正勝校注『東海道四谷怪談』　新潮日本古典集成　新潮社　一九八一年
『根南志具佐』『根無草後編』……中村幸彦校注『風来山人集』（日本古典文学大系五五　岩波書店　一九六一年）所収
『亀屋万年浦嶌栄』……国立国会図書館デジタルコレクション
『河童尻子玉』……アダム・カバット校注・編

『大江戸化物細見』(小学館　二〇〇〇年)所収
岡田甫編『諸遊芥子鹿子』貴重文献保存会　一九五二年
村松友次校注・訳『貝おほひ』序……『松尾芭蕉集』二(新編日本古典文学全集七一　小学館　一九九七年)所収
『江戸男色細見』……国立国会図書館デジタルコレクション
『稚児草子』……田野辺富蔵『医者見立て好色絵巻』(河出書房新社　一九九五年)所収、稲垣足穂「『稚児之草子』私解」(稲垣足穂全集四『少年愛の美学』筑摩書房　二〇〇一年)所収
『秋夜長物語』……市古貞次校注『御伽草子』(日本古典文学大系三八　岩波書店　一九五八年)所収
東京大学史料編纂所編『後愚昧記』二　大日本古記録　岩波書店　一九八四年
市古貞次校注・訳『平家物語』一・二　日本古典文学全集二九・三〇　小学館　一九七三・一九七五年
表章校注・訳『風姿花伝』……『連歌論集・能楽論集・俳論集』(日本古典文学全集五一　小学館　一九七三年)所収
共同訳聖書実行委員会『聖書　新共同訳　旧約聖書続編つき』日本聖書協会　一九八七年
小川鼎三・酒井シヅ校注『解体新書』……『洋学』下(日本思想大系六五　岩波書店　一九七二年)所収
朝倉治彦・吉田幸一編『茶屋諸分調方記』未刊文芸資料第三期第四回　古典文庫　一九五三年
塚谷晃弘校注『西域物語』……『本多利明・海保青陵』(日本思想大系四四　岩波書店　一九七〇年)所収
ルイス・フロイス/岡田章雄訳注『ヨーロッパ文化と日本文化』岩波文庫　一九九一年
ピーター・ミルワード/松本たま訳『ザビエルの見た日本』講談社学術文庫　一九九八年
エドゥアルド・スエンソン/長島要一訳『江戸幕末滞在記』講談社学術文庫　二〇〇三年

ハインリッヒ・シュリーマン／石井和子訳『シュリーマン旅行記　清国・日本』講談社学術文庫　一九九八年

オールコック／山口光朔訳『大君の都』上・中・下　岩波文庫　一九六二年

イザベラ・バード／時岡敬子訳『イザベラ・バードの日本紀行』上　講談社学術文庫　二〇〇八年

北村透谷「処女の純潔を論ず」……『北村透谷集』（明治文学全集二九　筑摩書房　一九七六年）所収

与謝野晶子「処女と性慾」……『人及び女として』（天弦堂書房　一九一六年）所収……国立国会図書館　近代デジタルライブラリー

暉峻康隆校注・訳『男色大鑑』……『井原西鶴集』二（新編日本古典文学全集六七　小学館　一九九六年）所収

阪口弘之校注『さんせう太夫』……『古浄瑠璃・説経集』（新日本古典文学大系九〇　岩波書店　一九九九年）所収

荒木繁編注『山椒太夫』……『説経節』（東洋文庫二四三　平凡社　一九七三年）所収

森鷗外『山椒大夫』……『高瀬舟』（集英社文庫　一九九二年）所収

芥川龍之介『好色』……『芥川龍之介全集』二（筑摩書房　一九五八年）所収

石田瑞麿校注『源信』（『往生要集』）　日本思想大系六　岩波書店　一九七〇年

大島建彦校注・訳『御伽草子集』　日本古典文学全集三六　小学館　一九七四年

太宰治『お伽草紙』　新潮文庫　一九七二年

2　参考文献・サイト

「3Dプリンター用データ『わいせつ物』頒布の疑い」……「朝日新聞」二〇一四年七月十五日付朝刊

「ろくでなし子容疑者を起訴」……「朝日新聞」二〇一四年十二月二十四日付夕刊

「英国ニュースダイジェスト」二〇一四年六月五日……www. news-digest. co. uk/news/news/

uk-news/12236-2014-06-05.html

ギャラップ社「同性愛者が暮らしやすい国」調査……www.sankei.com/premium/news/141108/prm1411080019-n1.html

www.gallup.com/poll/175520/nearly-world-wide-areas-good-gays.aspx

ニュースの本棚　伏見憲明「オネエ文化」……「朝日新聞」二〇一二年三月二十五日付朝刊

オーサ・イェークストロム「北欧女子が見つけた日本の不思議」二〇一五年六月十日……ameblo.jp/hokuoujoshi/entry-12037223197.html

「単身女性32％が「貧困」　20～64歳、国立研究所分析」……「共同通信」二〇一二年二月八日
www.47news.jp/47topics/e/225432.php

「セックス離れ——若い男性、性の『絶食化』」……「毎日新聞」二〇一五年二月五日付

「セックスレスの既婚者、過去最高の47・2％に」……「ニッポンドットコム」二〇一七年二月二十三日……www.nippon.com/ja/features/h00161/

「日刊ＳＰＡ！」2013.10.21 ニュース「２０２０年までに新宿歌舞伎町は〝浄化〟されるのか？」……nikkan-spa.jp/516657

佐伯順子『「愛」と「性」の文化史』角川選書　角川学芸出版　二〇〇八年

小林正明「昭和戦時下の『源氏物語』」……『源氏文化の時空』（森話社　二〇〇五年）所収

矢島文夫『エジプトの神話』ちくま文庫　一九九七年

芝崎みゆき画・文『古代エジプトうんちく図鑑』バジリコ　二〇〇四年

芝崎みゆき画・文『古代ギリシアがんちく図鑑』バジリコ　二〇〇六年

吉田敦彦『世界の始まりの物語——天地創造神話はいかにつくられたか』大和書房　一九九四年

須藤健一『母系社会の構造——サンゴ礁の島々の民族誌』紀伊國屋書店　一九八九年

直木孝次郎「萬葉集にみえる『人妻』につい

て」……『相愛大学研究論集』第九巻（相愛大学　一九九三年）所収
堀江珠喜『「人妻」の研究』ちくま新書　二〇〇五年
山中裕『平安朝の年中行事』塙選書七五　塙書房　一九七二年
柳田國男編『歳時習俗語彙』民間伝承の会　一九三九年
柳田國男『食物と心臓』……『定本柳田國男集』新装版一四（筑摩書房　一九六九年）所収
中村義雄『王朝の風俗と文学』塙選書二二　塙書房　一九六二年
柳田國男『年中行事覚書』……『定本柳田國男集』新装版一三（筑摩書房　一九六九年）所収
ゲイリー・P・リュープ／藤田真利子訳『男色の日本史』作品社　二〇一四年
高木侃『三くだり半と縁切寺』講談社現代新書　一九九二年
中村生雄『肉食妻帯考――日本仏教の発生』青土社　二〇一一年
五味文彦『院政期社会の研究』山川出版社　一九八四年
ジャン・マルカル／中村栄子・末永京子訳『メリュジーヌ＝蛇女＝両性具有の神話』大修館書店　一九九七年
パトリック・グライユ／吉田春美訳『両性具有　ヨーロッパ文化のなかの「あいまいな存在」の歴史』原書房　二〇〇三年
白洲正子『両性具有の美』新潮文庫　二〇〇三年
小林照幸『熟年性革命報告』文春新書　二〇〇〇年
白倉敬彦『春画に見る江戸老人の色事』平凡社新書　二〇一五年
三浦佑之『口語訳古事記　完全版』文藝春秋　二〇〇二年
林美一『艶本紀行　東海道五十三次』河出文庫　一九八六年
安田義章監修／佐野文哉訳『旅宿のおんな』秘蔵の名作艶本　第五集　二見書房　一九八九年

紙屋敦之・木村直也編『海禁と鎖国』展望日本歴史一四　東京堂出版　二〇〇二年
大石学『江戸の外交戦略』角川選書　角川学芸出版　二〇〇九年
荒野泰典監修『鎖国の研究』調べ学習日本の歴史六　ポプラ社　二〇〇〇年
山本博文『外交としての〝鎖国〟──なぜ、二百年以上の平和が可能だったのか』ＮＨＫさかのぼり日本史　外交篇五江戸　ＮＨＫ出版　二〇一三年
小谷野敦『俺の日本史』新潮新書　二〇一五年
石井良助『日本婚姻法史』創文社　一九七七年
氏家幹人『不義密通　禁じられた恋の江戸』講談社選書メチエ　一九九六年
小谷野敦『改訂新版　江戸幻想批判──「江戸の性愛」礼讃論を撃つ』新曜社　二〇〇八年
柳田國男『妖怪談義』……『定本柳田國男集』新装版四（筑摩書房　一九六八年）所収
飯倉義之編『ニッポンの河童の正体』新人物往来社　二〇一〇年
大野芳『河童よ、きみは誰なのだ』中公新書　二〇〇〇年
乃至政彦『戦国武将と男色──知られざる「武家衆道」の盛衰史』歴史新書ｙ　洋泉社　二〇一三年
渡辺信一郎「芳町」……『洒落本大成』一九（中央公論社　一九八三年）付録
牧英正『人身売買』岩波新書　一九七一年
杉原たく哉『天狗はどこから来たか』あじあブックス　大修館書店　二〇〇七年
小松和彦編『河童』怪異の民俗学三　河出書房新社　二〇〇〇年
堂本正樹『世阿弥』劇書房　一九八六年
波多野勝『東京オリンピックへの遥かな道』草思社　二〇〇四年
福田和彦『日本の世紀末　ロマンとデカダンスあふれる異国情緒』読売新聞社　一九八七年
牟田和恵『戦略としての家族　近代日本の国民

国家形成と女性』新曜社　一九九六年
佐伯順子「『文明開化』の『遊び』」……『日本の美学』第一五号（ぺりかん社　一九九〇年）所収
渡辺保編『新装版カブキ・ハンドブック』新書館　一九九八年
歌舞伎学会編『歌舞伎の歴史――新しい視点と展望』雄山閣出版　一九九八年
堂本正樹『増補版　男色演劇史』出帆社　一九七六年
岩田準一『本朝男色考　男色文献書志』原書房　二〇〇二年
高柳金芳『江戸城大奥の生活』雄山閣　一九六五年
杉本苑子・稲垣史生「大奥絵島生島スキャンダル」……『歴史への招待』九（日本放送出版協会　一九八〇年）所収
『別冊太陽　徳川十五代』平凡社　一九七四年
大塚ひかり『ブス論』（ちくま文庫　二〇〇五年）、『快楽でよみとく古典文学』（小学館101新書　二〇一〇年）、『古事記　いのちと勇気の湧く神話』（中公新書ラクレ　二〇一二年）、個人全訳『源氏物語』一～六（ちくま文庫　二〇〇八～二〇一〇年）

3　参考辞典・辞書類

日本大辞典刊行会編『日本国語大辞典』縮刷版一～一〇　小学館　一九七九～一九八一年
柳田國男監修／民俗学研究所編『民俗学辞典』東京堂出版　一九五一年
笹間良彦編著『好色艶語辞典』雄山閣出版　一九八九年
浜島書店編集部編著『新詳日本史図説』浜島書店　一九九八年

特別対談　日本のエロスは底なしだ！

まんしゅうきつこ
（漫画家・イラストレーター）
×
大塚ひかり

大塚　私、まんしゅうさんのブログ「オリモノわんだーらんど」の頃からのファンで、今日はお目にかかれて嬉《うれ》しいです。

まんしゅう　私も『本当はエロかった昔の日本』をお送り頂いてすぐに読みましたが、すごく面白かったです。

大塚　まんしゅうさんのペンネームからして、育ったご家庭は、性にゆるかったのか、逆に厳しかったのか、そのあたりをまずお伺いしたいのですが……。

まんしゅう　うちは性に厳しい家庭でしたね。私の父は、性交のことを「おまんこ」って言うんですすね。

大塚　厳しいんだか何なんだか（笑）。

まんしゅう　高校時代も、バイトなんかしておまんこを覚えたら成績が悪くなるから困るとバイトも禁止されていたぐらいで。彼氏が出来たと知っただけで「あいつはおまんこ中毒だ」「まん中」って言われて。

大塚　何もそこまで（笑）。

まんしゅう　だから性行為をするのは悪いことだという意識が、未《いま》だにどこかにあるんです。

大塚　うちは性に厳しいけれども、隠蔽《いんぺい》型で、ないものとして扱っていた。その点では、まんしゅうさんのご家庭はあるものとして扱っている分、マシかなとも思うのですが。

まんしゅう　でも、そうすると変に歪《ゆが》んで「まんしゅうきつこ」みたいな自傷行為的な名前をつけるんですよ。

大塚　そのお名前が感動的というか、私は日本の古代を感じたんですね。昔も「まん」がつく名前の人がいたんですよ。

初代神武天皇の皇后がホトタタライススキヒメというんです。ホトというのが「まんこ」のことです。ホトに矢が立ってあわてふためいたことから生まれた子という意味ですね。まんしゅうさんと同じ「まん」がつくのは、初代皇后なんです。

まんしゅう　恐れ多い（笑）。

大塚　ホトタタライススキヒメのお母さんがまず美人で、神様に見初められたんですね。その美人が厠《かわや》で大便をしようとした時に、神様が矢に姿を変えて溝を流れてきて、その矢がまんこを突いた。美人はびっくりして、走り回ってうろたえたあと、その矢を部屋に持ち帰ったら、矢はたちまちイケメンの神様になり、そのままセックスして、生まれたのがそのホトタタライススキヒメ。

何も用を足してる最中じゃなくともとか、最初から麗《うるわ》しい神様の姿で出会えば話は早いのにとか思うのですが、それでは神様かどうか分かりませんからね。矢に姿を変えられるから神、というわけです。

ホトタタライススキヒメが、神武天皇の皇后に選ばれる際の、神様の子孫の証《あかし》として『古事記』に書かれている話です。他にもお妃《きさき》がいる中で、彼女が皇后に選ばれたのはその名が示すように神の血をひいていたからというわけです。

でも後になって「ホト」は嫌だって「ヒメタタライスケヨリヒメ」に改名するんですけどね。ヒメも「まん」の隠語なんで、あまり変わらなかったりするんですけど。

まんしゅう　改名したんですね……。

大塚　嫌だったみたい（笑）。まんしゅうさんも途中で全部平仮名になさいましたね。

初めはマン臭きつ子でしたものね。

まんしゅう　本当は今の名前からも改名したいのに、せっかく浸透してきたんだからって周りに止められてるんです。

大塚　「まん」を示す言葉は他にも「くぼ」がありますが、『落窪物語』なんて、継母が継娘を虐《いじ》めるために「おちくぼの君」、つまり「劣ったまんこ姫」とつけるんです。これは名付けが虐めになってる例ですが。

まんしゅう　私は自分で自分を虐めてるのか……。

光源氏の実名は不明

大塚　名前って大事で、古典でも名をきく歌がありますが、それは＝求愛、プロポーズなんですね。

〝籠《こ》もよ　み籠もち　ふくしもよ　みぶくし持ち　この岳《をか》に　菜摘ます児《こ》　家聞かな　名告《の》らさね〟（よい籠を持ち、菜を掘り取るためのよい串も持っている、この丘で菜を摘む娘よ。家は、名はなんという？）

という万葉集の巻頭にある雄略天皇の歌なども有名ですが、これは求婚歌なんです。

女側からしたら名を教えることはプロポーズにOKを出すことになる。名前って非常にマジカルな意味合いがあって、名前を知られるとコントロールされたり、呪いに使われると考えられていた。だから簡単には教えなかったんです。『源氏物語』でも実名が記されるのは、源氏の乳母子《めのとご》の惟光《これみつ》とかの目下の人で、そもそも主人公の源氏の実名も分からない。

まんしゅう 私も本名と顔を両方知られると呪いに使われる！ と思いまして、本名は非公開なんです。

大塚 良きにつけ悪《あ》しきにつけ、言葉《ことば》に出すとそれが現実になるという、いわゆる言霊《ことだま》の思想とも絡《から》んでいるでしょうね。

まんしゅう 言忌《こといみ》とかありますもんね。私も良いことしか言わないようにしよう、ネガティブなことは口にすまいと思ってるんです。

大塚 それなのに「まんしゅうきつこ」という名前が呪縛《じゅばく》してるんですね。

まんしゅう そうなんですよ、よくないですよ……。

大塚 昔の人もそうした信仰、迷信やまじないの類《たぐ》いを完全に信じてたかというと、そうでもなくて、上手に使ってた面もあるみたいですけどね。眉《まゆ》がかゆいと恋人が来るとか待ち人来たるというジンクスを逆手に取って、わざと眉を掻《か》くといった『万葉集』の歌などは可愛《かわい》いですが、女に会いたくない時「今日はそっちが方角が悪いから」と陰陽道《おんようどう》を言い訳に使うことも。

　本来は正式に認められた陰陽師が「この日は髪を洗っても良い日」「出かけてはいけない日」など、様々なことの吉凶を記した暦を作るのですが、『宇治拾遺物語』には、新参女房が、若い僧に暦作りを依頼したところ、適当に書かれていた上、最後は面倒になったのか「大便してはいけない日」ばかり記されていて、我慢していたのだけれどもどうしようもなくて〝よぢりすぢり〟と身をよじるうち、とうとう漏らしてしまったなどという話もあります。

性＝政＝生

まんしゅう　それにしても大塚さんの本を読むまで、古典ってがちがちにお堅い高尚なものだと思ってたので、夜這《よば》いの習慣だの、セックスしまくる平安貴族の姿だの、古典で追う日本の歴史が全編これエロばかりというのが本当に衝撃でした。

大塚　昔の人は性にゆるいと思われがちなんですけど、ゆるいというより、性を重要視していたんだと思うんです。性＝政＝生でもあったわけですから。政略結婚なんて、いわばセックスで氏族同士が仲良くしましょうというもの。平安貴族の外戚《がいせき》政治になると、娘が天皇の息子を産むことに一族の繁栄がかかっている。必死だったわけです。だからこそ性について堂々と書いていたんじゃないかなと。伝統芸能にしてもほとんどが性的な絡みで生まれています。歌舞伎《かぶき》の始祖として知られる出雲《いずも》の阿国《おくに》は、十歳前後の少女に色っぽい歌を歌わせて踊らせる「ややこ踊り」出身だったわけで、AKBどころじゃない。十二歳の世阿弥《ぜあみ》が、十七歳の将軍・足利義満に見初められて男色関係を結んだからこそ、能も発展しました。

まんしゅう　私、大学生の時に、演劇史を勉強していたんです。演劇の始まりも、何にも無い田んぼの真ん中で、男女が性行為をしているような素振り、「かまけわざ」というんですけど、それで豊作を祈ったのが元々だと教わりました。だからまんしゅうきつことという名前ぐらいで恥ずかしがったりしちゃいけないんだなと。

大塚　そうですよ。ま、恥ずかしがってもいいんですけどね(笑)。でもまさに、古いお祭りというのはセックスを模して、海山に伝染させて五穀豊穣《ごこくほうじょう》を祈るというのが典型です。

もう一つまんしゅうさんが古代的、平安貴族的だと思ったのは、初めの頃、お顔をなかなか公開なさらなかったことです。昔は高貴な女性というのは親兄弟以外の男性には顔を見せなかったんですね。男に顔を見せるというのはセックスする時だった。だから顔は「まんこ」と一緒。なかなか顔出ししなかった、その辺も古典に重なるなと思ったんです。

まんしゅう　古典を全然通ってこなかったのが悔やまれます。高校生の時に大塚さんの本を読んでいればよかった。

大塚　でもまんしゅうさんの『ハルモヤさん』にも『方丈記』の一節をもじった「荒川の流れは絶えずして」というのが出てきますよね。『平家物語』の敦盛《あつもり》を思わせる、熊谷直実《くまがいなおざね》の首を狙《ねら》う童貞の落ち武者霊も登場しますし。「オリモノわんだーらんど」にも平家物語の一節が出てきたりします。

諸行無常的なものに惹《ひ》かれるところがあるのでしょうか。

まんしゅう　そういうのを無意識に選んでるんでしょうね。

大塚　漫画家の清野《せいの》とおるさんが、まんしゅうさんと呑《の》んでたら、まんしゅうさんの生理が始まって、「ちょっくらナプキン買ってきますわ！」って帰っちゃったと漫画に描かれていたところなんかも、まんしゅうさんは古代的だなとすごく感心しました。

まんしゅう　あれはね、ちょっと清野さんが盛ってるんですよ、漫画家ですから。

大塚　でも多少の事実には基づいているのでしょうか？

まんしゅう　……そうですね……はい。

大塚　『古事記』にもヤマトタケルノミコトが尾張を訪れた際、そこのミヤズヒメというお姫様とセックスしようとした時に着物の裾《すそ》に経血がついていたので、彼女の生理をテーマにした歌のやりとりをしています。

〝まかむとは　吾《あれ》はすれど　さ寝むとは吾は思へど　汝《な》が着《け》せる　襲衣《おすひ》の裾に　月立ちにけり〟（あなたと一緒に寝たいのだが、あなたの着物の裾に月が見えています）

と、月と月のものをかけた歌をヤマトタケルが詠《よ》むと、ミヤズヒメは、

〝君待ち難《がた》に　我《わ》が着《け》せる　襲衣の裾に　月立たなむよ〟（あなたを待ちこがれていたから、わたしの着物の裾に月が出ているのです）

と返す。生理の経血について歌を詠みあってるんですね。

平安貴族は恋が仕事

まんしゅう　平安時代はエロい方が偉かったというのも衝撃的でした。

大塚　日本は母系的な時代がそれまで長かったんですね。当時は母から娘へ土地や建物などの財産が継承されることが多かったんです。そういう社会では父親は極端なこ

とを言うと誰でもいい。そうなると基本的に性の締め付けがゆるくなる。

まんしゅう　それが武家社会、父から息子へ財産が受け継がれるようになると……。

大塚　厳しくなります。誰の子か分からないのでは困ると。大体、戦争とかが始まると父系的社会になってくるんです。

まんしゅう　平和な平安時代まではエロい社会だったのが、武家社会になると厳しくなる。

大塚　そうですね、でも放っておくと大体エロい方、エロい方へといくのが日本の特徴です。日本のお坊さんがなぜ妻子をもてるのかも、おかしな話ですよね。

まんしゅう　日本ってAVなんかも考えられないようなものがありますもんね、変態的って言われてますし。

大塚　それは実際ご覧になるんですか？

まんしゅう　2ちゃん情報です（笑）。それすら最近は見ていませんが。

大塚　まんしゅうさんってお名前から誤解されがちですが、実はお堅いんですよね。

まんしゅう　口だけ番長みたいなもので、皆様にお話しできるような性体験はないんですよ。名前からしてプロフェッショナルだろうと、いろんなお仕事の依頼を頂くんですけど、そういうご期待にそえないのでお断りしています。

性行為といえば一つ思っていることがあるんですけど、性行為って気の交換じゃないですか。よくない気をもらってしまうので、運の悪い方とは、交換したくないというのはありますけどね。

大塚　女性器依存のあげまん、さげまんならぬ、あげちん、さげちんですね。男性器依存の思想は珍しいですね。

まんしゅう　さげちんの経験ってありますか？

大塚　気付いてないだけかもしれないけど、そこまでのはないですね。まんしゅうさんはあるんですか？

まんしゅう　一回だけあるんですよ。その人と性行為をしてから、どんどんこちらの運気が悪くなって、あちらは良くなるんです。よ、あげまんだねって肩叩《たた》かれて。その人と会わなくなってからは私の運気が良くなりました。まあ、影響されやすいんでしょうけどね。ラムネを渡されてても薬の効果が出るタイプというか。

大塚　プラシーボ効果。

まんしゅう　そう、それです。うちはおばあちゃんが迷信深い人だったんですね。うちの母がお嫁に来る時も、方角が悪いというので、一年間別の場所に住まわせてから嫁入りさせてましたね。

大塚　リアル「方違《かたたが》え」。育った環境がすでに古代的ですね。

まんしゅう　それを受け継いでいて験《げん》を担《かつ》ぎまくってます。加えて、恋をすると成績が下がると親に言われ続けたのがどこかに残っていて、今も漫画がつまらなくなったらいけないので、恋をしないようにしています。

大塚　それは武士の思想ですね。平安貴族は恋が仕事であり、文化の源でしたから。色恋抜きには仕事にならなかったわけで。

まんしゅう　確か、三日夜這いすると結婚が成立しちゃうんですよね。

大塚　三夜通うと婚姻成立です。といっても、初めは半年ぐらい歌の交換をして、それでいきなり会う＝性交してがっかりということがないように、垣間見《かいまみ》というのを行うんですね。普段高貴な女性は顔を見せないのですが、女側でもわざと隙《すき》を作ってその男に覗《のぞ》き見させるんです。それでＯＫなら夜来るわけですが、中には一晩でやり逃げする輩《やから》もいた。

〝一夜《ひとよ》めぐりの君〟と、陰陽道の神の呼び名に重ねてあだ名された親王もいました。

まんしゅう　一晩でやり逃げされても不名誉ではないんですか？

大塚　彼の場合、親王ですし、風流人としても知られた、いわば文化人ですから、その人と一夜を共にしたというのは、女性の身分によってはむしろ名誉だったでしょう。

『源氏物語』でも、光源氏の養女・玉鬘《たまかずら》が結婚した際に、世間的には光源氏とセックスしていると思われていたのにしていなかったと描かれていますが、していたとしても光源氏ほどの相手であれば傷にはならないと玉鬘の実父は思っています。

そもそも母系的な文化だと、まあいいプレゼントを貰《もら》った、ぐらいでしょうね。母から娘へ財産を受け継ぐのですから、いいタネ貰ってうちで育てればよいわけで。それが父から息子へ受け継ぐ父系的な文化になると大問題になりますが。

まんしゅう　現代では容姿ばっかり気にしてると薄っぺらい人間と言われるのに、平安貴族の社会では、いかに容姿をよくするかが大事という、現在とは真逆の思想にも驚きました。

大塚　美人が一族の明暗を分けるから。『うつほ物語』では産湯《うぶゆ》の使い方を父親が気にかけたり、産後のいたわり方を息子に指南しています。娘が美人に育つよう、出産後も娘が天皇に愛されるようにと父親が心を砕くんです。また平安文学では人を説明する時、〃かたち心うるはし〃とまず容姿が先に来る上、顔が綺麗《きれい》だと心も綺麗とされるのが一般的。仏教の因果応報思想と結びついて、醜いのは前世の罪の報いとされていました。ブスは悪い行いをした罰ということです。『源氏物語』にも〃いと罪軽きさまの人〃というのが美人の形容に使われています。前世の罪が軽い人＝美人となる。

まんしゅう　それはひどい。

大塚　そんな時代にブスの末摘花を妻にした光源氏を描いた『源氏物語』は画期的だったわけです。比較的、女性の地位が高かったとされる平安時代にもきついところはあって、いろいろあっても、現代が一番いい時代だとは思うんですがね。

エロの危機

まんしゅう　この間沖縄に行ったら、アマミキヨという女神が、兄と性行為を行って子供を産んだのが国の始まりと看板に堂々と書いてあってびっくりしました。

大塚　堂々と、というのが、いいですね。きょうだい婚の話はエジプト、ギリシア神話にもありますが、日本のイザナギ、イザナミの兄妹婚の場合は、『日本書紀』のように国の正史とされる書物に堂々と書かれているのが特徴です。ただ、日本の古代においても、同母のきょうだい婚はタブーで、それが許されるのは神々に限られていました。実の親子もタブーで、他は獣姦、牛婚《たわけ》、馬婚《たわけ》などと呼ばれるものは罪とされています。他は言うなれば何でもあり、『源氏物語』なんて不倫文学ですからね。

まんしゅう　光源氏は人妻にも手を出してますか？

大塚　出しまくりです。光源氏が父親の桐壺帝《きりつぼのみかど》の妻、いわば義母にあたる藤壺に産ませた子が帝になるわけで、皇統乱脈文学です。それを当時の貴族階級は喜んで読んでいたわけです。

まんしゅう　何でこんなに今の日本は厳しくなっちゃったんでしょう。

大塚　本にも書きましたが、日本は外の目を意識すると厳しくなるんですね。歴史上それは三回ありました。

まず律令《りつりょう》制度が導入された飛鳥・奈良時代。人妻とセックスすると罰せられるという法が中国から入ってきて、「人妻」という概念が浮上する。しかし結局、それも日本的にエロくなるというか、『万葉集』にはやたら「人妻」という語が出てくるんですが、そそる感じ、エロい文脈で使われている。

それからキリスト教が伝来した戦国時代です。宣教師に離婚してはいけないと言われて日本人は驚くんです。前近代の日本人はばんばん離婚していて、当時もそうだったんです。が、これも教会が認めれば離婚を許すことになって。

そして西洋化の進んだ明治維新。歌舞伎のエロい演目は禁止されたり、混浴が禁止されたりした。男性器を象《かたど》った神様も猥褻《わいせつ》とされ破壊されたりしました。

戦後のアメリカの視線を入れれば、厳密には四回かもしれませんね。どんどん厳しくなっていますから。

まんしゅう　現代の方がエロいんだろうなと思ってました。今は風俗とかAVとかもありますから。昔の人はお堅いのだろうと。

大塚　時代、階級にもよるんですが、昔の貴族や町人、農民はまずエロかったと思っていいでしょうね。不義密通した者は斬《き》ってよいとする武士階級は、実は全人口の一割以下しかいなかった。それが時代劇などの影響で、一般的だったと捉《とら》えられがちなのではないでしょうか。でも放っておくと、日本はエロい方へエロい方へと進むんです。日本に来た外国人はまずラブホテルの存在にびっくりするし、それを娼婦《しょうふ》じゃなくて普通の人たちが使うことにも驚くそうです。

まんしゅう　そういえばこの間、ラブホテルに女同士で入ってカラオケやってたんですけど、そういう設備も含めた進化の方向がサービス精神旺盛《おうせい》で日本的ですよね。そこに、男性同士の入店はご遠慮下さいとあるのも驚きでした。

大塚　日本は意外と、ゲイの人が住みにくいという統計があるそうです。

まんしゅう　本にもあるように、弥次喜多が男色カップルだというのに。

大塚　今のゲイと違って彼らは両性愛者なんです。それから男色には、年長者の男が年少者を犯す、児童性愛の面もあります。

私は河童《かっぱ》が好きなんですけど、河童と男色は結びつけられることが多いんです。河童というのも謎《なぞ》の多いキャラクターで、水神、龍神《りゅうじん》が零落したとも言われていますが、江戸時代に突如としてあの皿がある姿の河童が一気に出てくるんですね。そして必ずエロいんです。女の人を犯そうとしたとか、お尻絡《しりがら》みの話題で出てくる。しかも醜悪に描かれていることが多くて、唯一《ゆいいつ》と言っていいと思うんですけど、同性愛者だった平賀源内が書いた『根南志具佐《ねなしぐさ》』に出てくる、男の子と対等に愛しあう河童は愛らしいんです。

もとは神であれば、人を犯してハイブリッドな子が出来るという神話にのっとっているから、エロ絡みになるのは当然なんですけどね。天皇家の先祖、初代神武天皇のおばあさんも八尋和邇《やひろわに》だったと書かれていますし、大神《おおみわ》神社の神主のオホタタネコも三輪山の神である蛇と美女との子孫でした。偉い人のご先祖はどこかで神様とセックスしてるんです。

汚いものが魔除けになる

まんしゅう　それからちょっとショックだったのは、第八章の『「エロ爺《じじい》」と「エロ婆《ばばあ》」の誕生』でした。まず現代の老人施設で八十代になっても複数の男性とセックスしてるお婆さんの話が出てきて、古典にある老人の性にまつわる話が延々と出てくる。老いてもなお枯れないいんだと。私は早くそういうものから解放されたい、性行為ってなくてもいいんじゃないかなと思う時もあるぐらいなんです。老いたら枯れて男女の垣根を越えて友情が育まれたらいいなと思っていたので、衝撃を受けました。

大塚　まんしゅうさんは男性が寄って来すぎるから、そういう発想になるんじゃないでしょうか。

まんしゅう　そんなに寄って来ませんし、寄って来る人は、絶対ネタのためです。だって言ってみたいじゃないですか。「まんしゅうきつこのマン臭キツかったよ」って。

大塚　そんなことはないでしょう（笑）。

まんしゅう　昔はそういうのを男性が揶揄《やゆ》するようなことはなかったんでしょうか。

大塚　江戸時代に銭湯が普及するまでは湯につかるのでなく湯で流すだけが普通だからけっこう不潔だったのではないかと。平安貴族のお姫様でも髪の毛は数ヶ月に一度しか洗いませんから、臭《にお》いを誤魔化すために香道が発達しました。ですが、女性器が臭いと男性側から一方的にディスるようなものは私の知る限り平安文学にはないです。

まんしゅうさんは平和に暮らしたいんですね。

まんしゅう　平和に暮らしたいんです。なのにこんな名前つけちゃって、業《ごう》が深いんだと思います。本当に改名したいんです……。

大塚　下《しも》関係の名前では、桓武天皇の夫人に藤原小屎《ふじわらのおぐそ》という人がいました。敏達《びだつ》天皇の皇女には由波利王《ゆばりのひめみこ》という人もいます。ゆばり……つまり、おしっこで、汚いものが魔除《まよ》けになるという考えがあったんです。だからまんしゅうさんの名前は、ひょっとしたら開運をもたらしたのかもしれませんよ。「まんしゅうきつ子」、古語だと「ほとのにほひかぐわし子」でしょうか。

まんしゅう　もう、それでいいです。

大塚　いいんですか（笑）。そのままでいいと私は思うんですが。

（「新潮45」二〇一六年二月号より転載）

まんしゅうきつこ

一九七五年埼玉県生まれ。日本大学藝術学部卒。ブログ『まんしゅうきつこのオリモノわんだーらんど』で注目を浴び、漫画家、イラストレーターとして活躍。著書に『アル中ワンダーランド』（扶桑社）、『ハルモヤさん』（新潮社）、『まんしゅう家の憂鬱』（集英社）など。

挿絵提供
209頁「河童尻子玉」国立国会図書館
210頁「亀屋万年浦嶌栄」国立国会図書館
212頁「根南志具佐」国立国会図書館
254頁「さんせう太夫」天理大学附属天理図書館

この作品は二〇一五年十一月新潮社より『本当はエロかった昔の日本古典文学で知る性愛あふれる日本人』というタイトルで刊行された。

文庫化にあたり、サブタイトルを割愛した。

大塚ひかり著
本当はひどかった
昔の日本
―古典文学で知るしたたかな日本人―
昔はよかったなんて大嘘！ 残酷で逞しい日本人の姿を『古事記』や『枕草子』『源氏物語』などから読み解く文芸ワイドショー。

さくらももこ著
そういうふうにできている
ちびまる子ちゃん妊娠!? お腹の中には宇宙生命体＝コジコジが!? 期待に違わぬスッタモンダの産前産後を完全実況、大笑い保証付！

安部司著
なにを食べたら
いいの？
スーパーやお店では、どんな基準で食べ物を選べばいいのですか。『食品の裏側』の著者があなたに、わかりやすく、丁寧に教えます。

池澤夏樹著
ハワイイ紀行【完全版】
JTB紀行文学大賞受賞
南国の楽園として知られる島々の素顔を、綿密な取材を通し綴る。ハワイイを本当に知りたい人、必読の書。文庫化に際し2章を追加。

野々村馨著
食う寝る坐る
永平寺修行記
その日、僕は出家した、彼女と社会を捨てて。曹洞宗の大本山・永平寺で、雲水として修行した一年を描く体験的ノンフィクション。

野地秩嘉著
サービスの達人たち
伝説のゲイバーのママからヘップバーンを感嘆させた靴磨きまで、サービスのプロの姿に迫った9つのノンフィクションストーリー。

本当《ほんとう》はエロかった昔《むかし》の日本《にほん》

新潮文庫　お－98－2

平成三十年五月一日発行

著者　大《おお》塚《つか》ひかり

発行者　佐藤隆信

発行所　株式会社新潮社

郵便番号　一六二―八七一一
東京都新宿区矢来町七一
電話　編集部(〇三)三二六六―五四四〇
　　　読者係(〇三)三二六六―五一一一
http://www.shinchosha.co.jp

価格はカバーに表示してあります。

印刷・大日本印刷株式会社　製本・株式会社大進堂

ISBN978-4-10-120517-5 C0195